COLLEC

Jean Anouilh

Le scénario

La Table Ronde

Le scénario a été représenté pour la première fois à Paris le 29 septembre 1976 au Théâtre de l'Œuvre, dans une mise en scène de Jean Anouilh et Roland Piétri, décors et costumes de Jean-Denis Malclès.

PERSONNAGES

D'ANTHAC
PALUCHE
LOUBENSTEIN
VON SPITZ
LE VIEUX DU PAYS
LE PATRON
MARIE-HÉLÈNE
LISA
LUDMILLIA
JEANNETTE

L'action se situe en août 1939 dans une petite auberge de la forêt de Fontainebleau.

Une table de fer à la terrasse d'un bistrot largement ouverte, à la campagne.

Paluche et d'Anthac sont attablés devant des verres, silencieux.

On entend vociférer en allemand à la radio à l'intérieur du bistrot.

D'ANTHAC

Tu prends un chien.

PALUCHE

Oui.

D'ANTHAC

Tu lui coupes la tête et la queue : tu as un petit banc.

PALUCHE

C'est con.

D'ANTHAC

C'est con, mais c'est vrai. Il y a beaucoup de choses comme ça. En tout cas c'est un sujet profondément humain. On ne s'entend plus, va arrêter Hitler.

Paluche entre dans le bistrot et coupe la radio.

PALUCHE, *revenant.*

Ouf! Je ne comprends pas l'allemand. Mais j'ai l'impression qu'il exagère.

D'ANTHAC

Sûrement. Le problème est de le lui faire comprendre. Ils n'ont qu'à retourner à Munich et lui demander de dire une bonne fois ce qu'il veut. Mais ce n'est pas nos oignons mon fils. Nous, nous sommes là pour faire un scénario.

PALUCHE

Lui aussi, je le crains. Tout le monde travaille dans le cinéma, de nos jours.

D'ANTHAC

Soyons sérieux, mon fils. Nous ne pouvons espérer notre second chèque que si nous racontons quelque chose au producteur. C'est la loi d'airain. Et Loubenstein sera là pour le dîner : ses secrétariats parisiens nous en ont solennellement informé. Il s'attend à bouffer avec Shéhérazade. Dans trois heures, on n'y coupera pas; il faudra raconter.

PALUCHE

Quoi?

D'ANTHAC

That is the question, comme on dit dans un autre scénario, qui celui-là était assez bon. Ne nous affolons pas mon fils. On en a trouvé d'autres en trois heures, des scénarios. Je reprends mon raisonnement. Tu prends un chien...

PALUCHE, *lassé.*

Non. Je t'en prie.

D'ANTHAC

Si! Tu prends un chien; tu lui coupes la tête et les pattes...

PALUCHE, *qui s'efforce au calme.*

Non. Cela tenait avec la queue, avec les pattes

tu n'as même plus un petit banc, tu as une saucisse.

D'ANTHAC

C'est juste.

PALUCHE, *qui le regarde navré.*

Tu es déjà saoul. C'est ton quatrième Pernod.

D'ANTHAC, *gentiment.*

Tu sais, je suis un professionnel, mon fils. Il ne faut pas me juger selon les normes du vulgaire... Mon talent est au fond d'un verre, mais comme je ne sais pas exactement lequel, je suis obligé d'en vider plusieurs...

PALUCHE, *qui le regarde bouffonner, dur soudain.*

J'en ai assez. C'est la dernière fois que je travaille avec toi.

D'ANTHAC

Tu m'as déjà dit ça à notre premier film, en 32. Tu étais jeune; tu croyais encore à la lune.

PALUCHE, *amer.*

Un beau navet.

D'ANTHAC

Il n'y a pas de beaux et de vilains navets : il y a des navets, c'est tout. Depuis sept ans, nous en avons fait trois ensemble, des navets. Nous sommes des marchands de navets. Il n'y a pas de sots métiers, mais il y a énormément de sottes gens qui bouffent tous les jours du navet. Il faut bien les nourrir.

PALUCHE

Cette fois je suis bien décidé à ne plus travailler dans la merde.

D'ANTHAC

Avec Loubenstein, bon jeune homme? Et d'abord pourquoi emploies-tu des gros mots? La comtesse Bas-du-cul, qui va descendre de sa chambre d'un moment à l'autre après sa sieste, dans son élégant déshabillé des Grands Magasins du Louvre, te jugerait très sévèrement, mon fils!

PALUCHE

Je n'aime pas non plus que tu appelles ta

femme, la comtesse Bas-du-cul. Du moins devant moi.

D'ANTHAC

Elle est comtesse parce qu'elle a épousé un comte, et elle est bas du cul c'est un fait. Tu refuses les évidences, où cela peut-il bien te mener? Et si tu veux faire mon éducation, apprends que les Jésuites de Clermont s'y sont cassé les dents avant toi. J'ai mon franc parler.

PALUCHE, *qui le regarde froid.*

Tu vaux mieux que le personnage que tu joues. Et tu vaux mieux que les films que tu fais.

D'ANTHAC *a un geste vague.*

Tu es un naïf. C'est un bruit que je fais courir.

PALUCHE

Ton premier film était un chef-d'œuvre. La jeunesse – dont j'étais alors – a cru que tu allais révolutionner le cinéma.

D'ANTHAC

La jeunesse croit n'importe quoi! Il n'y a pas plus con que la jeunesse.

PALUCHE

Qu'est-ce qu'il t'est arrivé depuis?

D'ANTHAC

J'ai eu du succès. Merde. Tu deviens triste. Tu me donnes soif.

Il rentre dans le bistrot gueulant.

Jeannette, nom de Dieu! Sers-moi encore un Pernod. On crève de soif ici!

PALUCHE

Ce sera le cinquième.

D'ANTHAC

Tu comptes très bien, mon fils.

Un temps à l'intérieur.
La petite bonne le sert puis il reviendra avec son verre.

Si tu tiens à ce qu'on soit sérieux, laissons mon chien. On pourrait partir d'une base simple. Un homme aime une femme qui ne l'aime pas. Si tu as une idée plus originale, sors-la.

PALUCHE, *qui rêvait, dit soudain :*

L'histoire de Moutchkine.

D'ANTHAC

Qu'est-ce que c'est l'histoire de Moutchkine? Ce n'est pas une histoire russe au moins? Depuis que les Frères Karamazov n'ont pas fait d'argent, les distributeurs ne veulent plus d'histoires russes.

PALUCHE

Non. Cela se passe à Paris et c'est une histoire vraie.

D'ANTHAC

Tu y crois mon fils, aux histoires vraies? Cela n'a pas de forme. La vie n'a pas de forme. On dialogue en petit nègre, on rate presque toujours son entrée et le dénouement est bâclé. Ce sont les auteurs qui donnent forme à la vie. Si nous n'étions pas là, je ne sais pas ce qui se passerait.

PALUCHE

C'est une assez belle histoire. Moutchkine était un peintre à Montparnasse. Un ami de Pascin, je l'ai un peu connu en 1932. Un jour il tombe amoureux d'une demi-folle qui couchait à droite et à gauche et se droguait. Seulement elle était très belle. Je l'ai connue aussi. Tu ne peux pas savoir comme elle était belle! Ils prennent un verre ensemble, un soir, par hasard au Dôme et puis ils ne se quittent plus. Elle dormait au petit bonheur des fins de nuit chez l'un ou chez l'autre; il l'embarque avec sa valise, son ours en peluche, ses trois slips et ses deux pull-overs dans son atelier pas chauffé de la rue d'Odessa... Ils font l'amour quatre jours sans sortir, dans ses draps sales — le temps de finir les boîtes de conserve et puis ils commencent la chasse aux cafés-crème, ensemble, aux terrasses. Il y avait toujours un copain qui avait dix francs en poche et qui vous invitait — alors on prenait un air dégagé et on demandait des croissants. On vivait comme cela, à Montparnasse, à l'époque.

D'ANTHAC, *doucement.*

J'ai connu ça, mon fils. Avant la comtesse Bas-du-cul et mon installation dans le 16e.

PALUCHE

Seulement Stella — elle s'appelait Stella — était très belle. Vénus clocharde, une princesse dépeignée... Un Américain qui s'était joint à leur groupe par hasard un soir à la Coupole, tombe fou d'elle. Un type superbe, un archange boxeur, pas con en plus, du goût pour la peinture et le papa roi de la saucisse à Chicago. Tu vois ça?

D'ANTHAC

Très bien.

PALUCHE

Le premier soir, sec, il veut lui faire cadeau de sa voiture, qu'elle refuse en rigolant, ni elle, ni Moutchkine ne sachant conduire. Huit jours après il lui propose de l'épouser. Toutes les filles du coin en tombent malades. On a dû en hospitaliser deux ou trois. Moutchkine était un petit juif laid et pauvre, qui ne pouvait même pas lui payer son café-crème – mais Stella, qui aurait couché avec l'autre, huit jours avant, rien que parce qu'il avait de jolies dents, l'envoie promener. Là-dessus Moutchkine, rentrant ivre une nuit, se fait renverser par un camion des Halles.

D'ANTHAC

Tu t'embrouilles!

PALUCHE

Non. Tu avais raison. C'est la vie qui s'embrouille. Dans la vie rien ne se tient et la péripétie est toujours gratuite. Bref : hôpital, convalescence. Moutchkine était, en plus, un peu tubar, les médecins disent qu'il lui faut la campagne et une suralimentation sérieuse ou que son compte est bon. Là-dessus Stella accepte soudain de dîner avec son Amerloque, le suit après la tournée des boîtes, saoul comme un cochon, dans son appartement du Ritz et quitte subrepticement l'hôtel à l'aube, en emportant son portefeuille. Le fils du roi de la saucisse se révèle sous l'artiste peintre amateur et l'Amerloque – sur le conseil de son Consulat, dépose une plainte en entôlage. Mais Stella et Moutchkine s'étaient déjà embarqués – et tu sais pour où? Pour Tahiti. Une idée comme ça. C'est ce qui leur avait paru le plus simple et le moins cher. Le fric de l'Américain faisait tout juste les deux passages – en cabine de luxe, comme il se doit. Là-bas, on se débrouillerait. Après tout, ça avait bien réussi à Gauguin... Tu sais les peintres!...

D'ANTHAC

Je t'arrête. Le paquebot. Les extérieurs à Tahiti... Tu vois la gueule de Loubenstein quand on va lui raconter ça? Laisse tomber, ça ne colle pas ton histoire.

PALUCHE

Laisse-moi finir. Si ça coûte trop cher, dans le film ils s'embarqueront pour Barbizon. Sur le bateau, grosse sensation, bien sûr. Elle avait dû s'acheter quelques nippes. Un couple d'artistes, étrange et élégant. Moutchkine qui avait la main agile, se fait même un peu d'argent de poche le soir, au pocker. Un haut administrateur qui s'en allait en poste là-bas, tombe amoureux de la petite. Pas dangereux, le genre baisemain, mais aussi un gros bonnet du coin, copain avec le premier comme cul et chemise, mais un dur, celui-là, propriétaire de la moitié des boîtes de nuit de Papeete. Et c'est là que la vie s'embrouille davantage. Celui-là lui plaît, visiblement, ce qui s'appelle plaire, elle se voit tout à fait au lit avec lui. Moutchkine est toujours aussi maigre, aussi juif, aussi moche et il a beau travailler dans le génie, en bonne logique l'affaire devrait être réglée en deux coups de cuillère à pot. Hé bien non! On ne sait jamais ce qu'il y a dans la tête des filles. Elle laisse le dur tirer la langue pareil. Mais le type est un calme. Il a compris qu'il avait une chance, il attend. Il a tout de suite pigé la vraie situation du couple. En effet, à Tahiti, plus un rond. Nos pigeons cherchent à travailler. Le haut administrateur offre un poste de gratte-papier minable à Moutchkine et le dur offre ses boîtes. Elle peut pousser la chansonnette ou danser, on n'est pas très exigeant là-bas et elle est si belle qu'on lui passera tout. Il la fringue, la produit et attend. Moutchkine, humilié sans doute par son travail de bureau, devient jaloux comme un tigre. Un soir bagarre dans la boîte où elle chante et où un client serrait Stella d'un peu trop près. Il l'assomme à coups de bouteille. Les deux compères l'attendaient là. Quinze jours de tôle et mesure administrative d'expulsion. Ils croyaient tenir la petite, surtout le dur, qui se flattait de voir clair dans le cœur des gonzesses puisqu'il en vendait. Seconde erreur. Moutchkine ayant pu assurer son retour en s'engageant comme soutier sur un cargo mixte, elle s'engage comme femme de chambre sur le même bateau pour le suivre. C'est dommage que tu n'aies pas connu Moutchkine, tu aurais pu l'imaginer avec ses un mètre cinquante-huit et ses bras comme des allumettes, le tout passé au noir, en soutier... Ils ont dû lui refiler une pelle d'enfant et lui choisir au tamis les plus petits morceaux de charbon. Et la fille toujours aussi belle avec son petit tablier blanc, livrée au bateau en effervescence. Le second capitaine, bandant comme un cerf à ses fesses et les passagers solitaires qui la sonnaient à toute heure pour se faire recoudre un bouton. Mais ils tenaient bon tous les deux. Elle à l'office, lui dans l'enfer surchauffé d'en bas. Ils se donnaient seulement rendez-vous sur le pont, à l'avant, la nuit, pour faire l'amour sur des cordages...

Surpris par le second capitaine, qui l'avait raide, ils ont échangé des propos un peu vifs et Moutchkine a terminé son voyage aux fers et elle à la plonge du second entrepont. On trouvait qu'elle n'était vraiment pas compréhensive. Elle avait trop giflé de clients.

D'ANTHAC

Dis donc, c'est Tristan et Yseult que tu me racontes!

PALUCHE

Cela en a l'air, jusqu'à Marseille. En sortant de

leur wagon de troisième, où ils ne s'étaient pas dit un mot de la nuit, au petit matin, gare de Lyon ils ont compris – toutes réflexions faites – qu'ils ne s'aimaient pas. Ils ont pris chacun un taxi, et ils ne se sont jamais revus. Ça devait être la difficulté qui les soutenait.

Il y a un petit temps.
Il ajoute :

On se frotte, on croit qu'on est deux. Et puis un matin on se retrouve tout seul dans son sac de peau dont on n'était en fait jamais sorti. Cela a dû leur arriver en même temps, la nuit du retour, dans ce wagon de troisième qui sentait la fumée froide et le vomi – au milieu de tous ces pauvres corps de pauvres, endormis autour d'eux. Ils ont compris qu'ils avaient fait comme tout le monde, qu'ils avaient joué à l'amour parce que c'était difficile et excitant et que ça emmerdait la terre entière. Et puis la bataille gagnée *et* perdue, comme disent les sorcières dans Macbeth il n'y avait plus que le sac de peau Stella et le sac de peau Moutchkine et chacun à l'intérieur qui regardait l'autre sans comprendre...

Il y a un temps encore, puis d'Anthac se lève soudain déprimé.

D'ANTHAC

Quelle saloperie l'amour! Merde. Tu n'aurais

pas dû me raconter cette histoire. Je vais me taper mon sixième Pernod. Celui-là ça sera de ta faute.

Il s'exclame :

Ah, voilà la comtesse Bas-du-cul!

La comtesse paraît en effet dans un déshabillé de couleur tendre très Grands Magasins du Louvre. Elle est gracieuse, mais un peu ingrate, vaguement provinciale.

MARIE-HÉLÈNE

Cet établissement ignore l'ébullition! Mon thé était infect.

D'ANTHAC, *qui revient du bistrot avec son verre.*

On s'en fout, ma colombe. Nous on boit un Pernod.

MARIE-HÉLÈNE

C'est le second ou le troisième je présume?

D'ANTHAC

Tu présumes faible, ma beauté! C'est le sixième. Je m'étais juré de m'en tenir à quatre, mais j'ai appris deux mauvaises nouvelles coup sur coup. Il a fallu parer au plus pressé.

MARIE-HÉLÈNE

Quelles mauvaises nouvelles?

D'ANTHAC

Que j'avais eu du talent autrefois et que l'amour n'existait décidément pas.

Il ajoute, méchant :

Tu devrais l'écrire à papa, mon ange. C'est un homme carré en affaires et qui a de très gros moyens. Il te met entre les mains d'un de ces ténors du barreau à qui, de nos jours, aucun juge ne résiste et, dans six mois, tu peux t'envoler – rasant le sol d'ailleurs – vers un autre destin.

MARIE-HÉLÈNE, *qui semble ne pas avoir entendu.*

Vous avez vu Lisa, Julien? Après déjeuner quand je suis montée pour ma sieste, elle projetait une promenade en forêt avec la petite?

PALUCHE

Elles ne sont pas encore rentrées. Mais elle a pris la voiture; je pense qu'elle a dû plutôt aller jusqu'à Paris, sans juger bon de m'en avertir.

MARIE-HÉLÈNE, *simplement.*

Une femme a toujours une petite course à faire...

Un silence un peu insolite suit cette réflexion.

D'ANTHAC

Un ange passe... Je me demande parfois quelle gueule cela peut avoir, un ange... Un jour j'aimerais en descendre un. Au fond on ne devrait jamais se déplacer sans son fusil, comme au Far-West. On rate toutes les occasions. Il faudra que je fasse venir le mien.

MARIE-HÉLÈNE, *s'efforçant de prendre un ton dégagé.*

Et le scénario?

D'ANTHAC

J'avais eu une très bonne idée, mais Paluche n'en a pas voulu : Tu prends un chien...

PALUCHE, *agacé.*

Arrête, je t'en prie!...

D'ANTHAC, *qui examine son verre.*

Paluche n'aime jamais mes idées. Nous avons la collaboration douloureuse. Ils ont des verres truqués dans ce bistrot! Tu bois une lampée, tu crois que tu en as encore par transparence, mais si tu as l'imprudence de regarder par-dessus, tu t'aperçois que ton verre est vide. C'était pourtant une idée ingénieuse... Tu prends un chien...

PALUCHE, *dur soudain.*

Je vais dire à Loubenstein que je renonce au scénario.

D'ANTHAC

Tu rendras le chèque?

Il y a encore un silence.

Encore un ange!

Il fait semblant de tirer.

Pfee! Pfee! Un Purdey d'un million et demi, cadeau de la comtesse pour nos dix ans de mariage. Le bonheur n'a pas de prix!

Il tire encore.

Pfee! Pfee!

Il conclut :

Ça vole trop bas, ces bestioles. Je l'ai raté.

PALUCHE *s'est levé.*

Tes plaisanteries ne me font pas rire, je te l'ai déjà dit et je trouve que Marie-Hélène a beaucoup trop d'indulgence pour toi. Je remonte dans ma chambre. Je vais me reposer un peu.

D'ANTHAC, *doucement, étrangement.*

Marie-Hélène n'a aucune espèce d'indulgence; elle est lâche, c'est autre chose. Et je suis lâche aussi, elle le sait. Et j'ajouterai qu'elle le sait que je sais qu'elle le sait. Nos deux lâchetés s'épaulant l'une l'autre nous avançons, cahin-caha, comme tout le monde, mais vers quoi? That is the question... Comme on dit dans ce scénario, dont je t'ai déjà parlé et qui était sensiblement meilleur que le nôtre, si on en croit la postérité.

PALUCHE

Je redescendrai dans une heure et nous verrons comment nous pouvons raconter l'histoire de Moutchkine à Loubenstein.

D'ANTHAC, *pâteux.*

Entendu, mon fils. Fais de beaux rêves.

PALUCHE, *avant de sortir.*

Tu me ferais plaisir en te faisant servir un quart Vittel si tu as soif.

D'ANTHAC *a un sourire pâteux.*

Tu n'obtiendras rien de moi en me brutalisant mon fils! Mon intelligence est une toute petite mouche qui volette autour de moi et que j'ai beaucoup de mal à attraper. Et on n'attrape pas les mouches avec du vinaigre, dit la sagesse populaire — encore moins avec de l'eau de Vittel.

PALUCHE

Et avec du Pernod tu crois qu'on les attrape?

D'ANTHAC

Justement. On croit. Il y a un petit moment où on croit. Et la vie n'est faite que de petits moments où on croit. Il n'y en a pas tant.

PALUCHE

Tu auras un whisky tout à l'heure quand Loubenstein arrivera pour dîner.

D'ANTHAC *le regarde hostile soudain.*

Pourquoi es-tu devenu ma nourrice? Pourquoi suis-je obligé de me cacher de toi? Faire semblant d'aller faire pipi quand je veux me taper un petit rhum? La comtesse Bas-du-cul bon, mais toi, tu n'es pas ma femme. A part l'agacement de me voir bafouiller qu'est-ce que ça peut bien te faire que je crève?

PALUCHE

Quelque chose sans doute.

D'ANTHAC, *rogue.*

Pourquoi?

PALUCHE

Peut-être parce que je t'aime bien.

D'ANTHAC

Ah?

Il dit soudain, étrange :

C'est une chose dont il faudra que nous reparlions un jour. Je tâcherai d'être à jeun et intelligent ce soir-là.

Paluche est sorti brusquement.
Marie-Hélène allume une cigarette s'efforçant de paraître désinvolte et demande :

MARIE-HÉLÈNE

Qu'est-ce que c'est « L'Histoire de Moutchkine? »

D'ANTHAC

Une histoire d'amour raté.

MARIE-HÉLÈNE

Vous avez dû vous donner beaucoup de mal pour inventer ça, tous les deux?

D'ANTHAC, *doucement.*

Non.

La petite bonne paraît sortant du bistrot. Une petite paysanne l'air faussement ingénu, un peu sournois, très jeune. Elle demande :

JEANNETTE

Je peux desservir Monsieur d'Anthac, c'est fini?

D'ANTHAC, *dur, sans la regarder.*

Oui. C'est fini, ma cocotte. Bien fini.

Un petit silence tendu puis Marie-Hélène se lève brusquement et remonte dans sa chambre.

La petite essuie la table se penchant un peu, on sent qu'elle traîne.

D'Anthac passe la main sous sa jupe, elle le laisse faire.

Il murmure avec un sourire mystérieux, apaisé, presque tendre aux lèvres.

Avec ce gros porc! Petite salope.

La petite se détourne et lui dit simplement avec son petit sourire bizarre, mi-sournois, mi-soumis :

JEANNETTE

Il faut bien, Monsieur d'Anthac.

Le noir soudain.

La lumière revient aussitôt.

Le vieux du pays, béret basque, décorations, est attablé à une table du bistrot.

Le patron lit vaguement le journal derrière son comptoir.

La petite bonne vaque avec son torchon.

LE VIEUX DU PAYS

Il n'a qu'à venir votre Hitler! Baïonnette-on! Et on le reconduit à Berlin, Rosalie au cul! Moi j'ai fait les Éparges. Tu veux que je te dise comment ça s'est passé aux Éparges?

LE PATRON, *dans son journal.*

Tu me le dis depuis 1918, Bornard.

LE VIEUX DU PAYS

Et alors? On ne le dira jamais assez. Seulement le Français n'a plus de poil au cul.

LE PATRON, *dans son journal, évasif.*

Ça!

LE VIEUX DU PAYS

C'est la faute à Léon Blum!

LE PATRON, *prudent.*

Ça se peut.

LE VIEUX DU PAYS, *ulcéré.*

Ça se peut ou c'est vrai? T'as jamais d'avis, toi!

LE PATRON, *qui a replié son journal, ferme.*

Dans la limonade on n'a pas d'avis. On écoute le client et on remplit les verres.

LE VIEUX DU PAYS, *bonhomme.*

Bon. Alors encore un petit blanc.

LE PATRON

Tu entends Jeannette? Monsieur Bornard a commandé!

La petite prend la bouteille que le patron a déposée sur le comptoir et va servir.

Le vieux lui pinçant les fesses pendant qu'elle le sert.

LE VIEUX DU PAYS

C'est du poulet, ça! Et ton amoureux?

JEANNETTE

J'ai pas d'amoureux.

Elle repose la bouteille sur le comptoir et passe dans la cuisine.

LE VIEUX DU PAYS

C'est vrai?

LE PATRON

Quoi?

LE VIEUX DU PAYS

Qu'elle a pas d'amoureux?

LE PATRON, *calme.*

Je voudrais voir ça.

LE VIEUX DU PAYS

Dis donc! Elle a l'âge et c'est pas ta fille.

LE PATRON

Tout de même. C'est sa mère qui me l'a confiée.

LE VIEUX DU PAYS *rigole un peu.*

La Mélanie? Elle l'offrait pour vingt francs aux gars de la carrière.

Il cligne de l'œil.

Farceur! Tu es pourtant gros. Et la patronne?

LE PATRON, *après un temps sourdement.*

Elle a compris. Elle la ferme. Elle a jamais été portée sur ça. C'était plutôt une corvée pour elle.

LE VIEUX DU PAYS, *compréhensif.*

Et puis, sans t'offenser, elle a toujours été moche la patronne, même quand tu l'as mariée jeunette, à cause de l'établissement. Ça c'est du tout neuf!

LE PATRON, *sombre.*

Oui. Ça donne du souci aussi. Il y a un Arabe qui tourne autour.

LE VIEUX DU PAYS

On peut pas tout avoir. Quand tu auras mon âge tout ça te fera rigoler.

LE PATRON, *fermé.*

Peut-être bien.

LE VIEUX DU PAYS

Plus rien dans la culotte, pour finir, c'est un soulagement.

On entend le bruit d'une grosse voiture qui crisse sur le gravier de la cour, des exclamations de bienvenue.

Ah! Voilà tes paroissiens qui reviennent avec leurs copains. Qu'est-ce qu'ils foutent à longueur de journée, à se raconter des histoires?

LE PATRON

Un film de cinéma.

LE VIEUX DU PAYS

En se parlant? Et on les paie pour ça?

LE PATRON

Ouais. Gros même. Ils m'ont donné leur chèque à encaisser.

LE VIEUX DU PAYS, *admiratif.*

Il y en a qui ont de ces combines! Remarque qu'il doit falloir être instruit!

Ils rentrent tous, bruyants.

D'abord Ludmillia, la vedette, maîtresse de Loubenstein, une idiote prétentieuse, puis Loubenstein lui-même, conforme à ce qu'on attendait, suivi de Von Spitz, un homme beau et raide, encore jeunet et des deux scénaristes.

Le patron à leur entrée met la radio pour donner de l'ambiance.

LUDMILLIA *glapit, entrant.*

Adorable! C'est adorable! Et tellement rustique! Comment avez-vous pu dénicher un petit coin si authentiquement authentique? J'adore les petits rideaux à carreaux! Et le patron est tellement typique!

LOUBENSTEIN, *un peu gêné, lui.*

Je voulais les mettre au Négresco. Je mets toujours mes scénaristes au Négresco. Là-bas ils ont le luxe! Caviar, champagne, ils n'ont qu'à commander. Au cinéma je trouve qu'on doit toujours travailler dans une ambiance confortable. Ça coûte plus cher à la production, mais elle y gagne. C'est eux qui ont absolument voulu venir ici! Voilà quinze ans que je fais du cinéma et j'ai renoncé à comprendre les artistes! Enfin, je leur pardonne, s'ils nous font un bon film!

D'Anthac s'attable avec les autres.

D'ANTHAC

Tu as entendu, Paluche? Caviar, champagne. Qu'est-ce qu'on boit mes enfants?

LE PATRON *crie.*

Jeannette, prends la commande de ces Messieurs-dames!

Jeannette est entrée s'essuyant les mains à son tablier.

LOUBENSTEIN, *gentiment à Paluche.*

Julien, je trouve que vous avez mauvaise mine...

D'ANTHAC

Il travaille trop! Vous le ferez crever dans l'arène, César! *Morituri te salutant!* C'est du latin. Ça veut dire : « Ceux qui vont mourir te saluent. » Voyez le Larousse, mon cher André. Pages roses.

LOUBENSTEIN, *l'œil perçant.*

Et vous Philippe vous travaillez trop aussi?

A Paluche :

Il est raisonnable?

D'ANTHAC

Toujours des soupçons! Demandez à Paluche, je me suis mis à l'eau. Ce sera mon premier verre de la soirée. Qu'est-ce qu'on boit mes enfants?

LOUBENSTEIN

Marie-Hélène va bien?

D'ANTHAC

Très bien. Elle va faire son apparition ondulante, dans son très élégant tea-gown, d'une minute à l'autre. Elle boudait dans sa chambre, mais elle a dû entendre la voiture.

LOUBENSTEIN, *à Paluche.*

Et Lisa? Où est l'adorable Lisa?

PALUCHE, *froid.*

L'adorable Lisa est allée faire une course à Paris. Elle sera sûrement là pour le dîner.

LOUBENSTEIN

Je suis sûr que Madame Paluche aurait été plus

heureuse au Négresco. Les jolies femmes aiment le luxe mon cher Julien; croyez-en un homme qui les connaît bien. Un conseil : vous devriez entourer Madame Paluche de davantage de luxe, mon cher ami!

PALUCHE, *sec.*

Mon cher Loubenstein, il ne tient qu'à vous.

D'ANTHAC

Julien! Julien! Soyons discrets. Nous lui parlerons argent quand nous lui aurons raconté notre histoire. Et alors ça sera sanglant. Qu'est-ce qu'on boit mes enfants? La petite attend.

LUDMILLIA

Un bloody-Mary.

JEANNETTE, *rogue.*

On n'a pas de ça ici.

LUDMILLIA

Vous avez du gin et du jus de tomate?

JEANNETTE

On n'a pas de gin.

LUDMILLIA

Et du jus de tomate?

JEANNETTE

Oui.

LUDMILLIA *hausse les épaules.*

Alors un jus de tomate.

LOUBENSTEIN

Un scotch.

JEANNETTE

On n'en a pas.

D'ANTHAC, *surpris.*

Mais si, ils en ont!

PALUCHE

Tu te vends d'Anthac!

D'ANTHAC *traduit à Jeannette.*

Un whisky pour Monsieur, ma cocotte.

JEANNETTE *réalise.*

Ah bon. Et pour ces messieurs?

VON SPITZ

Aussi.

JEANNETTE

Monsieur Paluche aussi?

Paluche acquiesce.

Et Monsieur d'Anthac?

D'ANTHAC *a un soupir.*

Il faut bien faire comme tout le monde. Mais grouille-toi ma cocotte, c'est urgent, maintenant!

JEANNETTE

Des doubles, ou des babies?

D'ANTHAC

Des doubles ma cocotte, bien sûr!

LOUBENSTEIN, *qui regarde la petite s'éloigner.*

Elle est mignonne!

D'ANTHAC

Oui. C'est l'avis de tout le monde ici – sauf de la comtesse Bas-du-cul qui la trouve extrêmement vulgaire. Je suis sûr que c'est aussi l'opinion de Ludmillia?

LUDMILLIA, *qui a tiré son long fume-cigarette, lointaine.*

Je ne sais pas. Je ne l'ai pas regardée.

D'ANTHAC

Vous avez bien fait, mon ange. Il ne faut pas que les jolies femmes regardent les autres jolies femmes. Cela leur gâche généralement leur soirée.

LUDMILLIA

André, si d'Anthac est déjà saoul, je vais vous demander de me faire reconduire à Paris!

D'ANTHAC

Je ne suis pas déjà saoul, mon ange. Quand je suis saoul, je suis très aimable.

Il aperçoit Marie-Hélène qui arrive.

Ah voici la comtesse Bas-du-cul, toutes voiles dehors, dans son ensemble très étudié de la Belle Jardinière.

LUDMILLIA

La muflerie a tout de même des limites, d'Anthac.

D'ANTHAC

Détrompez-vous mon ange, elle n'en a pas. Elle est insondable, comme la bêtise. Mais je vous prie de bien vouloir m'excuser. Dès que j'aurai un peu bu je serai poli. J'ai été très bien élevé, mais cela ne me revient que quand je suis ivre.

LOUBENSTEIN, *qui a été à elle et lui baise la main.*

Marie-Hélène vous êtes en beauté!

MARIE-HÉLÈNE

Merci, André. Il est agréable de se l'entendre dire — et c'est très rare. Bonsoir, Ludmillia. Dieu que c'est ravissant! Chanel n'est-ce pas?

LUDMILLIA

Schiaparelli.

MARIE-HÉLÈNE

Monsieur Von Spitz, vous nous avez manqué. Où étiez-vous donc?

VON SPITZ, *qui lui baise la main un peu raide.*

A Berlin.

LOUBENSTEIN

Ils ont l'air très contents d'eux-mêmes. Marie-Hélène vous qui étiez là, c'est vrai qu'ils nous ont trouvé une bonne histoire?

MARIE-HÉLÈNE, *simplement.*

Je ne sais pas. Je ne suis pas dans leurs confidences.

LOUBENSTEIN

Vous devez vous ennuyer abominablement ici! Vous auriez été mieux au Négresco.

MARIE-HÉLÈNE

Ces messieurs aiment la campagne. Et comme, de toute façon, sur la Côte ou ici, je reste dans ma chambre... Je suis un objet qu'on dépose avec les valises, en arrivant.

LOUBENSTEIN

Tst! Tst! Tst! Les jolies femmes doivent s'amuser!

MARIE-HÉLÈNE

Je ne m'ennuie nulle part – ou plutôt je m'ennuie partout.

Il y a un silence.

D'ANTHAC *grommelle.*

Encore un ange.

Il fait semblant de tirer :

Pfee! Pfee! Encore raté.

LOUBENSTEIN, *surpris.*

Qu'est-ce qu'il fait?

MARIE-HÉLÈNE, *calme.*

Il tire sur les anges. Mais il les rate, la plupart du temps.

LOUBENSTEIN, *un peu gêné, s'exclame.*

Soyons très gais!

La petite a servi les verres pendant ce temps-là.

D'ANTHAC, *sinistre.*

C'est ça. Soyons très gais!

Il vide son verre à peine servi et fait signe à la petite de lui en servir un autre.

LOUBENSTEIN

J'ai fêté, le mois dernier, mes quinze ans de cinéma et je dois vous dire que j'ai remarqué une chose : les bons scénarios c'est dans la gaieté que ça se trouve! C'est pourquoi vous auriez tous dû aller au Négresco. Il y a toujours de l'ambiance sur la Côte! C'est une histoire gaie j'espère, votre histoire?

D'ANTHAC, *évasif.*

Plutôt gaie, plutôt gaie. N'est-ce pas Paluche?

PALUCHE, *sombre.*

Oui. Plutôt gaie.

LOUBENSTEIN

Cette année c'est fini les histoires d'amour. Rayé, l'amour! On tourne la page. On passe à autre chose. C'est la vie, mon cher! Ils viennent de refaire « Mayerling », moi je n'ai pas voulu m'en mettre et Nathan va y laisser deux cents millions. Ça ne fait pas un sou. Et pourtant c'était un sujet! Les Archiducs, la Cour de Vienne, l'amour fatal. On en a fait du fric avec ça! Fini. Zéro. Maintenant, c'est la rigolade!

La radio qu'on entendait en sourdine depuis leur arrivée dit soudain.

LA RADIO

On nous communique que Monsieur Coulondre, ambassadeur de France à Berlin, s'est rendu au début de l'après-midi à la Chancellerie du Reich où il a eu un entretien de quarante-cinq minutes avec le Chancelier.

Le chancelier Hitler doit prononcer ce soir un important discours à Nuremberg. La plupart des observateurs pensent qu'il fera le point sur la situation internationale...

LOUBENSTEIN, *sinistre.*

Soyons très gais!

Il crie au patron :

Monsieur, vous ne voulez pas arrêter la radio, nous avons à causer de choses importantes...

Il se penche vers les autres, confidentiel :

Mes amis, écoutez-moi bien, je vous donne la clef du succès maintenant : le sexe! Vous allez me dire que je suis un fou, mais si j'ai réussi dans ce métier c'est que je renifle avant les autres ce qui se vendra dans cinq ans. Le sexe! Maintenant c'est avec le sexe qu'on fera de l'argent. C'est une chose très importante le sexe, Monsieur d'Anthac!

D'ANTHAC

Ben voyons! Je le disais déjà chez les Jésuites à douze ans. Mais ils n'ont pas voulu me croire. Ils m'ont renvoyé.

LOUBENSTEIN

Une question tout de suite. Est-ce qu'il y a du sexe dans votre histoire?

D'ANTHAC, *peu sûr.*

Oui, plutôt.

LOUBENSTEIN, *rassuré.*

Excellent! Et attention, mon cher ami, moi je montre! Le premier. Je ne fais plus le fondu enchaîné; je montre.

D'ANTHAC

Et la censure?

LOUBENSTEIN

Nous nous arrangerons avec la censure. Quand on est bien placé, on peut toujours s'arranger avec la censure. Il s'agit de savoir si, dans la crise actuelle, on veut que l'industrie cinématographique française, elle puisse continuer à vivre. C'est très important pour le pays. Le gouvernement le comprendra.

D'ANTHAC

Vous n'avez pas peur des Ligues patriotes? Elles font tant de bruit en ce moment?

LOUBENSTEIN, *grave.*

Nous sommes patriotes, mon cher d'Anthac, nous aussi. Ce que nous voulons c'est que les ouvriers français du cinéma, ils puissent conserver leur gagne-pain. C'est important aussi, pour ces pauvres diables, Monsieur d'Anthac, que le film français il fasse de l'argent, non? Qu'est-ce qu'ils feront, les ouvriers français du cinéma, si les capitaux ils filent à l'étranger? Il faut avoir l'esprit social. Moi j'ai l'esprit social. J'ai été pauvre, moi aussi, je ne m'en cache pas. C'est pourquoi je suis formel, dans l'intérêt national : le sexe! On me remerciera plus tard. Mettez-moi du sexe dans votre histoire!

D'ANTHAC

Hé bien on vous racontera ça au dessert. Et on en remettra au besoin, n'est-ce pas Paluche? Si on en prenait un autre mes enfants? C'est ma tournée.

LOUBENSTEIN

Tst! Tst! Tst! Jamais quand je suis là mon cher Philippe.

Il appelle :

Mademoiselle! La même chose.

MARIE-HÉLÈNE, *doucement.*

Cela fera combien de whiskies, Philippe?

D'ANTHAC

Madame la comtesse d'Anthac, des Établissements Pignard-Legrand, je suis d'une famille où on n'avait pas l'habitude de compter. Il faudra vous y faire.

LOUBENSTEIN, *pour cacher la gêne de tous.*

Sacré Philippe! Toujours talon rouge?

D'ANTHAC

C'est l'époque. On se met du rouge où on peut, moi c'est au talon.

Il ajoute étrange :

Et au front.

Une jeune femme est entrée, jolie, fine, gracieuse, un peu sèche.

LISA

Bonsoir!

Loubenstein s'est précipité, émoustillé, il lui embrasse la main, trop longtemps, sous le regard froid de Ludmillia.

LOUBENSTEIN

Madame Paluche! La toute belle Madame Paluche!

LISA

Excusez-moi tous; je rentre seulement de Paris et la route était très encombrée.

PALUCHE *demande.*

Où est la petite?

LISA

Je lui ai fait faire un grand goûter, très tard à Paris et je viens de la coucher. Elle était très fatiguée. Comme cela nous serons tranquilles.

PALUCHE

Je monte l'embrasser avant qu'elle dorme.

LISA

Comme tu voudras, mais elle dort déjà. Tu vas l'exciter pour rien.

PALUCHE

Je monte.

Il sort rapidement.

LOUBENSTEIN

Je vois que Monsieur Paluche adore sa petite fille!

LISA

Oui. Enfin, il le croit.

MARIE-HÉLÈNE

Vous en doutez Lisa?

LISA

Camille est un petit morceau de lui, tout chaud, qui est bon à toucher. Paluche adore aussi les petits chats. Elle a quatre ans. C'est l'âge idéal. Quand elle sera grande, si elle s'avise d'être elle-même, on verra.

LOUBENSTEIN

Moi aussi j'adore mes enfants! J'en ai quatre de mon premier mariage et trois de mon second mariage. Je les ai tous mis au Rosey, en Suisse. C'est la pension la plus élégante. Ils s'y feront de bonnes fréquentations. Il ne faut pas être égoïste avec les enfants, il faut penser à leur avenir. Mon aîné est dans la même classe que le fils du Shah.

D'ANTHAC, *sans rire.*

Comme c'est émouvant!

LOUBENSTEIN, *sur ses gardes.*

Quoi?

D'ANTHAC *prend le virage toujours sans rire.*

De vous découvrir tout à coup en père attendri, mon cher Loubenstein. Moi je n'ai connu que l'homme d'affaires.

LOUBENSTEIN, *naïvement.*

Les affaires n'ont rien à voir avec le cœur, mon cher Philippe.

D'ANTHAC, *toujours sans rire.*

J'allais vous le dire mon cher André!

LOUBENSTEIN

Où allons-nous dîner, mes amis? Je me propose de vous emmener au « Homard Bleu » à Fontainebleau. On y mange bien et je suis sûr que Madame Paluche sera heureuse de changer un peu de cadre!

LISA, *ravie.*

C'est une très bonne idée! Vous ne pouvez pas savoir à quel point cela me fera du bien de m'évader un peu de ce trou!

LOUBENSTEIN

Le cher d'Anthac va encore me dire que je suis un sentimental, mais, vraiment, cela me fend le cœur de voir une aussi jolie femme s'étioler dans un endroit pareil.

Il se retourne gêné vers Marie-Hélène.

Je voulais dire, deux aussi jolies femmes.

MARIE-HÉLÈNE, *nette.*

J'avais rectifié.

LOUBENSTEIN

Je sais que Monsieur Paluche et Monsieur d'Anthac sont des artistes et que, comme tous les artistes, ils adorent le pittoresque des petits bistrots... Mais une jolie femme, mon cher ami, est un objet de luxe, qu'il ne faut jamais sortir de son écrin. Je n'ai jamais invité une jolie femme autre part que dans un restaurant de luxe, n'est-ce pas Ludmillia? Croyez-en un homme qui a vécu, mon cher, c'est une erreur de compter en amour. Il m'arrive de discuter toute une nuit pour cent mille francs sur un contrat, mais avec une jolie femme, je ne compte jamais, n'est-ce pas Ludmillia?

LISA *glousse, un peu dinde, un peu vulgaire.*

C'est merveilleux!

LOUBENSTEIN

C'est naturel. Vous me permettrez de faire amicalement cette petite leçon à votre époux, Madame Paluche, comme un aîné qui connaît mieux la vie que lui?

LISA

Sûrement. Mais sans trop d'espoir.

Paluche est entré, il a dû entendre la fin des répliques.
Il dit soudain :

PALUCHE

Il faut que tu montes. Elle ne peut pas s'endormir. J'ai cru comprendre que tu l'avais quittée sur un mot très dur, sans l'embrasser.

LISA

Je l'ai quittée comme j'ai cru bon de la quitter. Cette gosse est insupportable. Elle nous fait tourner en bourrique. Laisse-la. Quand elle aura fini de pleurer, elle s'endormira.

PALUCHE, *doucement.*

Elle a beaucoup de chagrin. Je te demande de monter.

LISA

Non. C'est un caprice absurde. Je sais ce que je fais. Je ne monterai pas.

PALUCHE, *plus dur.*

Elle a beaucoup de chagrin.

LISA

Je t'ai dit, non.

PALUCHE, *calme.*

Bien. Alors je remonte, moi.

LOUBENSTEIN *lui crie comme il part.*

Mon cher Paluche, pour changer un peu ces dames de cadre, nous allons tous dîner au « Homard Bleu » à Fontainebleau. Vous êtes d'accord?

PALUCHE, *à Lisa :*

Mais la petite?

LISA

Dans dix minutes elle dormira, quoi que tu en penses. Nous avons fait des courses toute la journée, elle est crevée. Et je demanderai à Jeannette de la surveiller. Il n'est pas question que je me prive du plaisir de ce dîner à Fontainebleau pour un caprice.

PALUCHE, *pâle.*

Dans ce cas moi je resterai.

Il va repartir. Loubenstein lui crie :

LOUBENSTEIN

Mon cher Julien! Ce n'est pas raisonnable! Nous dînons ensemble pour raconter le scénario.

PALUCHE, *brutal soudain.*

Je m'en fous!

Il est sorti.

LOUBENSTEIN *après un silence gêné de tous qui a suivi l'éclat de Paluche.*

Je suis navré d'être à l'origine de ce petit malentendu. Je pensais bien faire... Et je comprends que Monsieur Paluche s'inquiète de sa petite fille... Mais, d'un autre côté, les affaires sont les affaires...

Il s'est un peu durci.

Et je ne dispose que de cette soirée pour prendre connaissance du scénario. Je ne suis pas un artiste, moi. J'ai un calendrier très chargé. Je prends l'avion demain matin pour Rome et c'est tout de même une décision importante. J'ai déjà vendu le film en Allemagne, en Suisse et au Canada, et il faut tout de même que nous sachions le plus rapidement possible ce que nous allons tourner...

Il y a encore un petit silence gêné.

Mon cher d'Anthac est-ce que vous ne pourriez pas monter et le faire revenir sur cette décision absurde?

Il ajoute durci, presque inquiétant soudain :

Veuillez lui dire que je serais très déçu d'être obligé de repartir pour Paris sans connaître le scénario. Et que chaque métier a ses obligations. Je suis sûr qu'il serait très surpris lui, si je m'en allais voir ma petite fille en Suisse, le jour où je dois lui remettre son chèque.

D'ANTHAC *finit son verre et se lève sans enthousiasme.*

Je vais essayer!

MARIE-HÉLÈNE, *soudain.*

Non. J'y vais moi. Je lui parlerai mieux que toi. D'ailleurs je lui proposerai de garder la petite...

LOUBENSTEIN *lui crie, poli.*

Mais chère amie vous ne pouvez pas nous priver du plaisir de...

MARIE-HÉLÈNE

Ne vous inquiétez pas pour moi. J'ai horreur des bons restaurants.

Elle est sortie.

LOUBENSTEIN *a un geste. Il constate ironique.*

Comme tout cela est compliqué! Je crois que

c'est parce qu'on gagne trop facilement sa vie dans le cinéma... je veux dire parmi les artistes... Mes dactylos et mes comptables me font beaucoup moins d'ennuis... Ils ont compris, eux, que c'était une chose sérieuse de gagner sa vie...

Il se retourne galant vers Lisa.

Quoi qu'il en soit, petite Madame, je suis navré, j'ai peut-être été maladroit sans m'en rendre compte...

Il se retourne vers Von Spitz.

Qu'est-ce que vous en pensez Winifried, vous qui êtes un homme du monde?

VON SPITZ, *froid, comme toujours.*

Votre invitation était très cordiale Monsieur Loubenstein et très cordialement présentée.

LOUBENSTEIN

Vous voyez d'Anthac! Et Winifried est aussi d'une très bonne famille... Je suis un homme tout rond, tout simple et je peux quelquefois avoir des doutes sur certaines délicatesses qu'on ne m'a pas enseignées tout petit. Mais Winifried est mon assistant pour cela. Et je paie très cher Winifried pour qu'il me le dise. Je sais toujours utiliser les compétences. Mes plus grands ennemis sont obligés de me reconnaître cela. Winifried ne comprend pas grand-chose aux affaires, mais la Graffen Von Spitz, sa maman, était une Wittelsbach, n'est-ce pas Winifried?

VON SPITZ, *impassible.*

C'est exact, Monsieur Loubenstein.

LOUBENSTEIN

C'est cela que j'achète très cher, pour ma sécurité. Comme cela je suis sûr de ne plus jamais faire de bévues. N'est-ce pas Winifried?

VON SPITZ

Je m'y efforce, Monsieur Loubenstein.

LOUBENSTEIN *le regarde, bizarre.*

Vous voulez dire qu'il m'en échappe tout de même, Winifried?

VON SPITZ, *raide.*

Quelquefois, Monsieur Loubenstein.

LOUBENSTEIN, *l'œil froid soudain, doucement.*

Alors c'est que vous ne gagnez pas votre argent, Winifried.

Il y a un silence gêné.
D'Anthac tire soudain.

D'ANTHAC

Pfee! Pfee!

LOUBENSTEIN *sursaute.*

Qu'est-ce qu'il y a?

D'ANTHAC, *calme.*

Cette fois je l'ai eu.

LOUBENSTEIN, *ahuri.*

Quoi?

D'ANTHAC

L'ange.

Lisa qui était restée recroquevillée depuis la sortie de Paluche explose soudain dans son coin.

LISA

Il ne pense qu'à lui! A ce qui le rassure, lui. Il prend cela pour de la rigueur et ce n'est que de l'égoïsme. C'est un curé. Le plaisir lui fait peur.

Je le savais très bien que vous leur aviez proposé de nous installer tous sur la Côte pour travailler au film. D'Anthac aurait sûrement accepté; c'est lui qui a préféré venir ici! Il aime ça, lui, la forêt, le silence. Alors il faut que tout le monde l'aime. Il aurait fallu que je me prive du plaisir de ce dîner à cause de cette petite pisseuse qui nous joue la comédie. Alors que Jeannette pouvait très bien la surveiller et qu'elle ne risque rien ici. Seulement c'est la sensiblerie de Monsieur qui doit décider de tout. Il croit qu'il a du cœur et il ne pense qu'à lui — c'est un monstre.

LOUBENSTEIN *s'approche, souriant.*

Allons, allons, petite Madame... Nous allons faire un très bon dîner... Caviar, champagne... Je vous promets qu'il y aura de l'ambiance! Il faut que nous soyons très gais pour oublier ce petit incident... Vous savez, quand on est producteur de cinéma on sait ce que c'est que les artistes! Tous des hypernerveux, alors il faut leur passer certaines petites choses qu'on ne passerait pas aux autres employés de la production naturellement... Le cinéma est une industrie, mais, malheureusement, c'est aussi un art, que voulez-vous? Et il faut bien en tenir compte! Je fais une proposition qui arrangera tout le monde... Je suggère que nous allions dîner joyeusement là-bas, en petit comité et après le dîner, sans rancune, nous revenons ici et Monsieur Paluche nous raconte. Il n'est que huit heures et la nuit est à nous! On passe l'éponge. C'est une proposition de gentleman. La solution vous paraît correcte, Winifried?

VON SPITZ

Tout à fait, Monsieur Loubenstein.

LOUBENSTEIN

Alors montez dire à Monsieur Paluche que nous revenons ici après le dîner écouter le scénario, Winifried. Vous nous rejoindrez à la voiture.

Il a été prendre Lisa galamment par la taille.

Venez, petite Madame! je me réjouis beaucoup de cette soirée avec vous. Vous savez j'ai de gros soucis, de grosses responsabilités, mais je suis un homme tout simple et très gai, n'est-ce pas Ludmillia? Vous n'avez pas l'air contente ma chère? Peut-être trouvez-vous qu'il est un peu tôt pour dîner? Ludmillia est comme tous les artistes : elle n'a faim qu'à minuit! Mais nous sommes à la campagne ici et il faut être un peu rustique. Le mot est correct, Winifried?

VON SPITZ

Oui, Monsieur Loubenstein.

LOUBENSTEIN

Alors, montez faire part à Monsieur Paluche de notre petit gentlemen-agrément. Je vous l'ai déjà demandé, Winifried. Et rejoignez-nous à la voiture. Je suis sûr que la petite madame a très faim, elle?

Winifried est sorti rapidement.

Lisa, qui se détend, roucoule, un peu sotte, ravie de l'intérêt visible de Loubenstein.

LISA

Une faim d'ogre, cher Monsieur!

LOUBENSTEIN

C'est parfait. J'adore ça! J'ai horreur des femmes qui chipotent dans leur assiette, n'est-ce pas Ludmillia? J'ai eu faim moi-même quand j'étais petit, petite Madame, et je n'aime pas qu'on laisse. Winifried me dirait que ce n'est pas aristocratique, mais tant pis!

Il rit un peu et dit, étrange :

J'ai aussi les moyens de ne pas être aristocratique de temps en temps, quand l'envie m'en prend... Vous allez voir, caviar, champagne. Cela va être un petit dîner très gai!

Ils sont sortis bras dessus, bras dessous.

LUDMILLIA

Qu'est-ce qui lui prend avec cette petite dinde? Il fait l'imbécile ou il fait exprès?

D'ANTHAC, *de marbre.*

Les deux, sans doute.

LUDMILLIA

S'il continue comme ça, j'appelle un taxi et je rentre à Paris.

Ils sont sortis aussi.
Le vieux qui a tout écouté derrière sa pipe se retourne vers le patron et conclut :

LE VIEUX DU PAYS

C'est des gens qui ont la bougeotte. Comme s'ils auraient pas pu bouffer ici! Le coq au vin de la patronne, c'est autre chose que leur « Homard Bleu ». Je le connais leur « Homard Bleu ». Mon neveu y travaille, aux cuisines. Si je leur disais ce qu'ils vont bouffer! Mais ils croiraient pas... Allez! tu me sers un dernier petit blanc, puis je m'en vais aller retrouver la vieille qui doit maronner devant sa soupe.

Il voit l'air soucieux du patron qui a entrouvert la porte de la cuisine en venant le servir.

LE VIEUX DU PAYS *demande.*

Elle a encore filé, la Jeannette?

LE PATRON, *sourdement.*

Elle file toujours. C'est ma tournée, celui-là.

Il s'est servi un petit verre avec lui; ils trinquent.

LE VIEUX DU PAYS, *son verre vidé.*

Les filles, ça a la bougeotte aussi.

LE PATRON, *sombre.*

Oui.

LE VIEUX DU PAYS

Tout le monde a la bougeotte aujourd'hui. Ils croient tous que ce qui est bon, c'est autre part... Foutaises! Tout ça, c'est la faute à Léon Blum! Et ça va tourner au vinaigre, je te le dis... Si tu remettais la radio pour voir ce qu'il a encore dit, le Hitler?

Le patron a remis la radio.

La radio joue « Tout va très bien Madame la Marquise... »

Tandis que la lumière descend, la musique s'estompe...

Le noir. Et le silence.

Quand la lumière revient c'est le bistrot le soir. Les lampes allumées.

Paluche est seul la tête dans ses mains devant un verre vide.

Un temps, puis Marie-Hélène paraît.

MARIE-HÉLÈNE

J'ai entrouvert la porte en passant. Elle dort comme un ange maintenant.

Elle s'assoit à une table voisine et commence à tricoter, en silence.

On n'entend que le tic-tac de l'horloge.

Elle demande soudain :

Cela ne vous ennuie pas trop de me regarder inlassablement tricoter? Cela agace prodigieusement d'Anthac.

PALUCHE, *doucement.*

Non. Au contraire. C'est très bon. C'est un très ancien rêve de petit garçon.

MARIE-HÉLÈNE

De regarder une femme tricoter?

Il y a un temps encore puis Paluche dit soudain, sourdement :

PALUCHE

Ma mère était musicienne; elle jouait dans des orchestres de bastringue. Elle partait travailler tous les soirs. Je restais seul avec mon père qui se grattait l'oreille en lisant le journal. Nous ne savions pas trop quoi nous dire. Je crois qu'il était aussi angoissé que moi de nous sentir seuls. Quand dix heures sonnaient il disait : « Allez on va se coucher! » Je fermais mon livre d'histoire, dont je n'avais pas réussi à lire une ligne et nous montions. Il m'en est resté une peur des soirs. C'est pour cela que je n'aime pas sortir. J'ai peur tous les soirs.

MARIE-HÉLÈNE, *après un petit temps, tricotant.*

D'Anthac, lui, ne se sent bien que la nuit — et dehors.

PALUCHE

On vit éternellement ses premiers phantasmes d'enfant. Il n'y a peut-être pas pour chacun, d'autre réalité. C'est sans doute pour cela que les êtres ont tant de mal à se rapprocher et à se comprendre. Nous vivons chacun dans une lune, imaginée tout petit — et l'infini des espaces interplanétaires entre nous... Il y a des hommes pour qui le soir c'est l'heure de la chasse... Ils se réveillent. Pour moi, le soir, c'est une maison où tout le monde est rentré. Une maison où maman tricote sous la lampe.

Il y a un silence encore où on n'entend que la pendule.

J'ai sans doute été stupide tout à l'heure. Mais à travers cette petite fille, je revis mon angoisse de petit garçon. Je ne peux pas supporter qu'elle soit seule.

MARIE-HÉLÈNE, *tricotant, calme.*

Lisa est une toute jeune femme. Elle piaffe encore devant la vie. Elle a envie de bouger un peu. C'est naturel aussi.

PALUCHE

Oui. On est un et un. Cela fait deux. Ce qui ne serait pas naturel, c'est que un et un, cela fasse un.

Le silence.
Maire-Hélène tricote, il la regarde, souriant.
Il murmure :

Une maille à l'envers, une maille à l'endroit; le geste vif du petit doigt et de temps en temps le léger crissement de l'aiguille... Tout est immobile et chaud. On n'a plus peur. On est tous là. La maison est fermée. On ne bouge pas. On a vaincu le temps. Demain, l'école, les autres qui veulent vous battre, c'est dans très longtemps... Cela n'arrivera peut-être jamais, qui sait? Tout restera peut-être toujours pareil...

Il dit soudain drôlement :

Je dois vous paraître un peu demeuré?

MARIE-HÉLÈNE

Non.

PALUCHE

Si. Je sais que je rêve et qu'il faudra bien que Lisa recommence à jouer si on lui propose quelque chose. Je ne peux pas la priver de cela non plus. Elle était comédienne quand je l'ai épousée...

MARIE-HÉLÈNE, *doucement, un peu ambiguë.*

En tout cas, elle voulait l'être!

PALUCHE, *sourdement.*

Alors elle nous embrassera tous les deux, tous les soirs, un peu avant huit heures... « Vite mes chéris! Je suis en retard! Ah, vous avez de la chance vous, de rester là bien au chaud! » Je reconnaîtrai probablement l'intonation faussement attendrie de ma mère, déjà parfumée, chapeautée et gantée... Il y aura le courant d'air de la porte. Le bruit pressé de son pas dans l'escalier... Et puis je prendrai la place de mon père devant la table à demi desservie... Je lirai mon journal — en me grattant l'oreille sans doute, moi aussi — à côté de cette petite fille muette. Et nous commencerons à avoir peur tous les deux.

MARIE-HÉLÈNE, *doucement.*

Lisa sortait du Conservatoire, elle avait déjà joué une fois... Vous saviez qu'elle aimait ce métier?

PALUCHE

Oui. Bien sûr. Au début, c'était plutôt amusant de l'accompagner et de traîner dans les coulisses en attendant la fin du spectacle. C'était presque mon métier aussi, je croyais que j'écrirais des pièces et que je vivrais du théâtre... Et puis c'est si gai, les débuts d'amour... Tout est un jeu. J'avais bâti un autre scénario. Et puis cette petite fille est venue et puis...

Il s'est arrêté, il a un geste.

MARIE-HÉLÈNE

Et puis...

PALUCHE *se lève et s'éloigne un peu.*

On épouse l'être qu'on aime, c'est avec un autre qu'on vit. Dans la vie c'est comme au cinéma. Ce n'est jamais le scénario qu'on avait imaginé qu'on tourne. Il y a un producteur invisible qui vous impose des modifications.

Il dit soudain :

Je vous aime bien Marie-Hélène. Je ne réagis pas toujours comme je le devrais aux mufleries de d'Anthac, mais croyez qu'elles me blessent aussi.

MARIE-HÉLÈNE, *doucement.*

Il ne faut pas. D'Anthac a raison. Je suis profondément ennuyeuse.

PALUCHE

Non.

MARIE-HÉLÈNE

Ne soyez pas poli!

Elle continue, enjouée :

Qui pourrait croire qu'il a été amoureux de moi, il y a douze ans? Tout le monde est persuadé à Paris qu'il m'a épousée pour mon argent. Ce n'est pas tout à fait vrai.

Elle s'écrie avec une sorte de fierté candide.

J'ai été sa maîtresse. Six mois!

Elle a dit ça si drôlement que Paluche éclate de rire gentiment malgré lui.
Marie-Hélène confuse :

Vous vous moquez! Je suis idiote.

PALUCHE

Pardon. Vous avez dit ça si drôlement.

MARIE-HÉLÈNE

C'est mon petit sujet de fierté. Je n'en ai pas tant. A cette époque il fallait beaucoup de courage, avec des parents comme les miens. Jusqu'à dix-huit ans, je n'étais pas sortie sans ma bonne... Mais oui! il y avait encore des gens comme ça, en 1925! J'étais censée suivre les cours de l'École du Louvre et nous passions nos après-midi dans des hôtels meublés. D'Anthac n'avait même pas de chambre à lui à l'époque, il habitait chez des amis. J'avais l'air tout jeune et très comme il faut et je crains bien que les endroits qu'il choisissait, peut-être exprès, pour nos rencontres autour de la gare Saint-Lazare ou dans le quartier Monceau, n'aient été des endroits un peu louches. Ah! que j'ai pu avoir honte en montant, derrière les femmes de chambre ces petits escaliers raides d'hôtel, aux moquettes usées!

Elle dit drôlement, avec un petit rire.

Je devais toujours baisser les yeux, sans doute, car je me souviens du dessin de toutes les moquettes! Il me caressait, exprès, dans le dos de ces femmes en montant. Je crois que c'était ma honte qui l'amusait... Et puis aussi la façon dont il jouait avec moi dans ces chambres... Pour moi, tous les gestes qu'il me demandait étaient simples – puisque je l'aimais... Cela a été ma grande période de gloire.

Elle ajoute gentiment :

Mais je ne devais pas être très douée — déjà. Peut-être aimait-il cela aussi? Et puis un jour...

Elle s'est arrêtée soudain rougissante.

Mais je ne sais pas pourquoi je vous raconte tout cela. Je suis folle ce soir. Je dois vous paraître très sotte.

PALUCHE

Non.

MARIE-HÉLÈNE, *après un silence soudain.*

Un jour, j'ai été enceinte. J'étais une petite fille, j'ai parlé à mes parents. Mon père était un homme d'un autre âge; orgueilleux et brutal. Il connaissait d'Anthac de réputation. Il a pris son revolver et il a été lui dire qu'il lui brûlerait la cervelle s'il ne m'épousait pas. Et d'Anthac m'a épousée — malgré sa famille qui n'a jamais voulu nous voir — les millions de mon père sentaient l'engrais. Notre enfant n'a pas vécu. Et d'Anthac s'est mis à me haïr. J'étais devenue sa lâcheté. C'est à cette époque qu'il a commencé à boire. Pour se punir sans doute.

Il y a un silence encore puis Paluche murmure soudain :

PALUCHE

Pauvre d'Anthac.

MARIE-HÉLÈNE, *doucement.*

Vous voyez, on dit « pauvre d'Anthac », pour finir. Moi aussi d'ailleurs. Quelquefois j'ai très fort pitié de lui — plus fort que ma peine.

On entend une voiture sur le gravier de la cour.

Ils reviennent déjà?

Entre Von Spitz seul.

Monsieur Von Spitz! Ce dîner plein d'ambiance a déjà pris fin?

VON SPITZ

Non, Madame, mais Monsieur Loubenstein s'est aperçu qu'il avait oublié son étui à cigarettes en or.

Il ajoute, neutre :

Et je fais, à l'occasion aussi, les commissions.

Il cherche un peu sur les tables.

Ah, le voilà, Dieu merci! Nous sommes passés tout près d'un drame. Monsieur Loubenstein a très peur lorsqu'il ne se sent plus protégé par toutes sortes d'objets en or.

Il les regarde, Marie-Hélène tricotant toujours.

Je vous envie. Votre soirée a dû être plus calme que la nôtre. Nous avons eu une scène assez violente avec notre star qui a regagné Paris en taxi.

PALUCHE *lève la tête.*

Pourquoi?

VON SPITZ *a une courte hésitation.*

Pour rien. Une susceptibilité de jolie femme, cher Monsieur! Mais cela s'arrangera comme les autres fois. Monsieur Loubenstein a besoin pour se rassurer de posséder la plus jolie femme de

Paris, celle aussi, qui coûte le plus cher. Et Ludmillia, pour se rassurer aussi sans doute, a besoin de posséder les plus beaux bijoux de Paris. Tout le monde a besoin de se rassurer d'une façon ou d'une autre. Elle est retenue par le fil de son collier de perles... Malgré les apparences, c'est une association solide.

MARIE-HÉLÈNE, *tricotant.*

Mais elle est libre et ses bijoux sont à elle je présume maintenant?

VON SPITZ

Sans doute, en fait. Mais Monsieur Loubenstein lui a déjà fait remarquer qu'il avait pris les assurances à son nom, à lui. Ce qui pourrait changer quelque chose, en droit. Monsieur Loubenstein pense à tout.

Il a un sourire, fait un pas.

Hé bien, je vous laisse à votre quiétude et je m'en vais lui rapporter son étui d'or. C'est sa cuirasse de chevalier contre les dangers imaginaires qu'il court.

MARIE-HÉLÈNE, *doucement.*

Vous avez beaucoup de patience, Monsieur Von Spitz.

VON SPITZ, *très simplement.*

Non Madame, mais je suis lâche. J'ai été habitué au luxe — je suis parfaitement incapable et Monsieur Loubenstein me donne beaucoup d'argent pour tous les petits services intimes que je suis censé lui rendre.

Il a été vers le poste de radio, concluant très naturellement.

Tout le monde a peur de quelque chose, Madame. Moi j'ai peur de la pauvreté. Vous n'avez pas mis la radio? On sait ce qu'a dit Monsieur Hitler, ce soir? Je crois qu'il devait encore nous dire deux mots.

MARIE-HÉLÈNE

Non. Nous n'avons pas pensé à tourner le bouton.

VON SPITZ, *qui cherche dans les graillonnements.*

Il est dix heures passées et Monsieur Hitler, qui est toujours très ponctuel, devait parler à dix heures. On capte assez mal l'Allemagne d'ici...

Après quelques essais de musique vague et de voix diverses on entend les hurlements hystériques d'une foule dans le poste, puis la voix gutturale de Hitler qui vocifère, mal transmise; sans qu'on puisse bien comprendre.

MARIE-HÉLÈNE

Si j'en juge par les cris de la foule cela doit être passionnant. Vous nous traduisez?

VON SPITZ, *l'oreille au poste.*

C'est une voix très désagréable et il crie si fort qu'on comprend mal... Ce sont peut-être les micros...

PALUCHE

Mais qu'est-ce qu'il dit?

VON SPITZ, *qui arrête soudain le poste.*

Rien. Il dit qu'il a toujours voulu la paix et qu'il veut encore la paix. Mais que celui qui ne possède pas la puissance n'a pas droit à la vie.

Il a un petit sourire.

En somme, il raisonne un peu comme Monsieur Loubenstein. Monsieur Hitler aussi a peur. Et c'est cela qui est dangereux pour nous.

PALUCHE

Peur de quoi?

De la Russie bien sûr, du communisme, de la ploutocratie internationale, de l'encerclement — la vieille peur de l'Allemagne. Mais peut-être aussi plus simplement, de la vie, comme tout le monde.

Il ajoute léger :

Il se trouve que j'ai eu l'occasion de rencontrer Monsieur Hitler, il y a quelques années avant qu'il accède à ses hautes fonctions. J'étais très jeune. Ma tante la comtesse Von Thurn und Blankenberg était une de ces folles d'un certain âge et du meilleur monde, qui ont pris en charge, à ses débuts, ce jeune agitateur hystérique et dépeigné, dont le regard — sinon les théories qu'elles ne devaient pas exactement comprendre — les fascinait. Les dames riches et vieillissantes, au terme d'une vie d'égoïsme, ont souvent besoin d'un certain épanchement ridicule et exagéré. Beaucoup se contentent d'un petit chien. Ma tante a découvert Adolf Hitler et l'a pris sous son aile. C'est elle qui lui a fait faire son premier costume bleu, par le premier tailleur de Munich, l'ancien tailleur de la cour, où on ne l'aurait jamais servi et où elle l'a conduit elle-même. Elle riait beaucoup, d'ailleurs — avec une tendresse de mère un peu louche — en racontant qu'elle avait eu un mal infini à le dissuader de porter avec ce costume, une chemise violette et une cravate rouge vif...

Monsieur Hitler, qui souffrait alors de ses origines modestes, avait un curieux comportement, fait d'arrogance et de gêne, dans ces milieux de l'aristocratie et de la haute bourgeoisie qui le fascinaient, quoiqu'il affectât de les mépriser. Je n'étais pas loin de lui à table, à l'un de ces dîners de ma tante où j'ai eu l'occasion de le rencontrer — on avait servi du homard et j'ai vu que Monsieur Hitler avait soudain très peur parce qu'avec tous ces instruments étranges, il ne savait pas comment on mangeait le homard. A la fin, il l'a pris avec ses doigts. Mais j'ai vu à cet instant, dans son regard, qu'un jour ou l'autre, notre classe paierait très cher ce petit moment de panique. Tout le monde a peur de quelque chose et le besoin de surmonter cette peur rend cruel.

Il rit un peu, étrangement.

Au fond, nous aurions tous eu intérêt à ce que Monsieur Hitler ait été mieux élevé! Il aurait sans doute imaginé un autre scénario... Mais je m'attarde et Monsieur Loubenstein doit se sentir très vulnérable, sans son étui à cigarettes précieux. Il va encore me dire que je gagne mal son argent. Excusez-moi.

Il a salué, un peu raide comme toujours et il est sorti.

Marie-Hélène s'est remise à tricoter en silence.

On entend la voiture repartir, puis Paluche dit soudain :

PALUCHE

Lisa aussi est une petite pauvre qui a peur de ne pas sortir de sa médiocrité. C'est pour cela qu'elle est prête à nous abandonner tous les deux, si quelqu'un lui offre enfin un rôle. C'est vrai ce qu'a dit Von Spitz. Tout le monde a peur.

MARIE-HÉLÈNE, *doucement.*

Oui. Mais pas des mêmes choses. Voilà le malheur.

Elle tricote toujours, la lumière baisse jusqu'au noir.

Le rideau dans le noir.

C'est le bistrot le matin assez tôt.

D'Anthac et Paluche en manches de chemise, avec des papiers, à la table, devant des tasses de café.

Debout devant eux, nerveux, pardessus clair, chapeau sur l'œil, Loubenstein marche surexcité.

Von Spitz muet, debout, un peu en retrait, semble l'attendre.

Au fond on voit Jeannette, à quatre pattes, qui lave la salle.

LOUBENSTEIN

J'ai réfléchi toute la nuit à votre histoire. D'abord je pensais non. Et puis j'ai décidé de faire un détour ici avant de prendre l'avion pour parler encore avec vous. Il y a peut-être quelque chose à tirer de ça...

D'ANTHAC, *philosophe.*

Ah bon!... Nous, ce matin, on partait dans le caleçon...

LOUBENSTEIN

Attendez! Caleçon, rigolade, petit film – il sera toujours temps! Je crois possibilité grand film, Monsieur d'Anthac. Ce qui m'a plu dans votre idée, vous voyez, c'est qu'au fond Moutchkine, il n'aimait pas la fille; il avait seulement besoin à travers elle de dominer les autres hommes qui l'avaient humilié avant. C'est vrai ça! Ça sort des tripes. Le public sent. Il a été humilié, Moutchkine, on n'a pas reconnu son talent, on l'a méprisé, traité comme crotte de bique, mais c'est pourtant lui qui a la fille parce que c'est tout de même lui le plus fort. Le sexe il l'a comme ça, lui!

Il a un geste.

Vous voyez ce que je veux dire?

D'ANTHAC, *calme.*

Très bien, mais il faudra trouver l'acteur. Et en France...

LOUBENSTEIN

Américain. Grosse vedette. Ils ont là-bas. Je fais le film en deux versions.

D'ANTHAC

Dans la vraie histoire, à vrai dire, Moutchkine était plutôt gringalet et c'est ça qui était rare.

LOUBENSTEIN

Pas au cinéma! La femme dans la salle il faut qu'elle rêve. Tous ces gens-là, ils viennent au cinéma pour faire l'amour dans le noir, mon cher d'Anthac. C'est ça qu'on leur vend, non? Le rêve. Mais attention! le rêve de puissance aussi. Tous les hommes, même les plus minables, ils rêvent de puissance. Ils rêvent de venger l'humiliation. C'est pour ça que vous avez fait la Révolution française, non? L'important c'est quand Moutchkine leur dira bien tranquillement : « Mes beaux Messieurs, vous m'avez méprisé, vous m'avez traité comme crotte de bique, mais c'est moi le plus fort maintenant, le petit Moutchkine qu'on ne savait même pas d'où il venait. » C'est juste, non?

D'ANTHAC

Oui. Et alors?

LOUBENSTEIN, *qui s'excite de plus en plus.*

Alors il faudrait que Moutchkine à Tahiti, il ait gagné beaucoup d'argent. Nous sommes dans le monde moderne, mon cher d'Anthac, et dans le monde moderne, c'est avec l'argent qu'on venge l'humiliation, non?

D'ANTHAC

Oui. Mais à Tahiti... Un peintre...

Justement. La peinture! Il a travaillé comme un fou. On le voit qui peint toute la nuit. Révolutionné l'art, fait du nouveau. Une peinture qu'on n'avait jamais vue. Rien que des taches. Et on lui a reconnu du génie, ses toiles, elles valent des millions maintenant. Tous les amateurs se les arrachent en Amérique. On spécule dessus. Ça monte, comme les Picasso! Ils le méprisaient tous et ils font la queue maintenant devant sa case, venus des quatre coins du monde avec leurs Cadillacs. Mais lui il ne leur ouvre même pas. Ça ne l'intéresse même plus de vendre! Il a assez. Ce qu'il veut, c'est venger l'humiliation. Et justement les affaires du grand patron des boîtes qui voulait Stella, elles périclitent. On verra pourquoi. C'est un détail. Alors Moutchkine rachète toutes les boîtes de nuit en sous-main par l'intermédiaire d'un métis. Il rachète sans avertir l'autre, et aussi toutes les reconnaissances de dettes, pour bien le tenir. Et puis un matin, il va le voir comme ça et il lui dit : « Mon cher ami — comme ça, tout doucement, avec le sourire — vous m'avez traité comme crotte de bique, si on discutait maintenant comme deux grands garçons? Le patron ici, maintenant c'est moi. Et les dettes aussi, c'est moi. » Et il lui montre toutes les reconnaissances dans sa main. Et il lui dit : « Mon cher ami » — toujours doucement sans élever la voix — « vous avez fait danser ma femme dans vos boîtes et vous comptiez vous l'envoyer, quand vous m'avez fait mettre en prison? Maintenant c'est vous qui allez chanter si vous ne voulez pas aller en prison. Je vous engage, moi, à mon tour. Vous allez faire un numéro, vous aussi, en échange des reconnaissances de dettes. » L'autre le regarde sans bien comprendre. On coupe. Vous suivez?

D'ANTHAC

Très bien.

LOUBENSTEIN

On rouvre. Grand gala. On a invité toutes les notabilités de l'île; tous ceux qui méprisaient Moutchkine. Le gouverneur et tous les officiers de la garnison. Grande séquence. Très luxueuse. Caviar, champagne... Beaucoup de monde. Des toilettes, des très jolies femmes. Tous les hommes en spencer blanc. Vous voyez, non?

D'ANTHAC

Très bien.

LOUBENSTEIN

Alors Moutchkine arrive le dernier, en smoking blanc, lui aussi. Il descend d'une Cadillac encore plus grosse que les autres, avec Stella en cape de vison blanc, avec au cou un million de dollars de diamants. Travelling. Toute la salle fait la haie et s'incline sur leur passage. Tous ceux qui l'ont humilié; tous ceux qui ont désiré sa femme, mais maintenant, il est le plus fort! Et là, séquence très osée, très cruelle, Monsieur d'Anthac! Vous savez ce qu'il a exigé du patron acculé à la faillite frauduleuse, pour lui éviter la prison? Qu'il fasse un numéro de travesti! Oui. Oui. Travesti! Pédéraste! Moi, le premier, j'ose montrer! Habillé en femme, Monsieur d'Anthac! Avec la perruque, le rouge à lèvres, les yeux faits; dans une imitation d'Yvette Guilbert. Et l'autre il a dû l'accepter, pour ne pas aller en prison. Et là on le prend dans sa loge, qui finit de s'habiller et qui se regarde dans sa glace. L'appareil s'approche. Gros plan de son visage fardé. Terrible. Très cruel. Genre Toulouse-Lautrec, vous voyez, non? Et moi, je vais jusqu'au bout. Juste avant d'entrer en scène, l'homme il prend sa légion d'honneur à la boutonnière de sa veste au portemanteau; il la regarde un moment et il la jette dans les cabinets. Aux chiottes, Monsieur d'Anthac! J'ose. Je fais le plan! C'est fini l'honneur. Il a vendu aussi! Vous voyez la scène?

D'ANTHAC

Très bien. Et le retour en soutier, si Moutchkine est riche? Cela faisait aussi partie de l'histoire?

LOUBENSTEIN

Fini! Il ne revient pas en soutier. C'est ridicule. Il ne peut plus être soutier. Il achète le plus beau yacht de la rade pour le retour. Mais je garde votre idée du soutier! Le patron ruiné, pour payer son retour, doit s'engager lui, comme soutier. C'est encore plus fort! Parce qu'il continue à désirer Stella et à tirer la langue comme ça, mon cher Philippe! Et Moutchkine jouit de ça aussi, que l'autre désire sans pouvoir. Et par le hublot l'homme vient les regarder danser au milieu des invités, avec sa gueule toute noire. Ça pourrait être la dernière image du film. Le visage convulsé de cet homme tout noir, et eux qui dansent tout en blanc au milieu du grand salon. C'est le happy-end! L'amour des deux petits pauvres il est le plus fort! L'argent, il a été vaincu! C'est même moral.

Il ajoute :

Et c'est bon ça, pour l'Amérique.

D'ANTHAC, *tiède.*

Évidemment. Mais alors ça devient une histoire d'amour?

LOUBENSTEIN

Grande histoire d'amour, Monsieur d'Anthac!

D'ANTHAC

Vous nous aviez dit que les distributeurs n'en voulaient plus.

LOUBENSTEIN

Je sais. Mais moi, Loubenstein, j'ose! Et vous savez pourquoi?

D'ANTHAC, *poli.*

Non.

LOUBENSTEIN

Parce que moi, Loubenstein, je ne fais pas histoire d'amour comme autrefois. Fini le baiser sur la lagune, la lune avec les nuages qui la cachent et le fondu enchaîné quand l'homme et la femme ils se couchent en sortant du champ. Je vous l'ai dit hier, Monsieur d'Anthac, jé fais le sexe! Moutchkine et Stella ils baisent tout le temps. Et tout Tahiti, il baise tout le temps aussi. Toutes les vahinés à poil! Et on voit tout! C'est là la grande idée! Qu'est-ce qu'il rêve le petit bourgeois, ou l'ouvrier, en sortant avec Madame, qui n'est plus très jolie, après le boulot, qui n'est pas drôle non plus? Le cul, Monsieur d'Anthac! Mais pas le cul de Madame, il connaît trop. Il a assez. Le cul des stars qu'il n'aura jamais. Et moi je le montre. Intégral. Ce qui coûte le plus cher au monde.

Il cligne de l'œil bonhomme.

J'en sais quelque chose mon cher Philippe! ce que tous les pauvres diables, ils ne peuvent jamais se payer. Le cul de la femme de luxe! A eux! En gros plan sur l'écran. Intégral! Pour le prix de la place seulement. Et c'est du social aussi. Je suis de mon temps, je fais du social. Je donne au pauvre diable ce qu'il ne pouvait jamais espérer avoir.

Il les regarde tous les deux, ravi, sûr de son effet, il a un petit rire malin et conclut bonhomme :

Seulement qu'il ne peut pas toucher! Mais ça, c'est la vie mon cher d'Anthac!

D'ANTHAC, *qui conserve son calme.*

J'entends bien. Ce qui me gêne le plus, c'est l'enrichissement subit de Moutchkine. Tu ne crois pas Paluche?

Paluche ne répond pas, il continue.

Cette lutte pour conserver leur amour — leur amour qu'ils ne reconnaîtront plus après; ce qui est le vrai sujet de l'histoire au fond — c'était tout de même dans un climat de pauvreté.

LOUBENSTEIN, *tirant une cigarette de son étui d'or.*

Mon cher Philippe, le public, le gros, celui qui fait la recette, il n'aime pas la pauvreté. Il a déjà.

Il connaît mieux que nous. Pourquoi voulez-vous qu'il paie sa place au cinéma, pour aller voir?

D'ANTHAC

Mais enfin, pour le sens de l'histoire... Au début par exemple, quand ils sont à Montparnasse, cette petite qui traîne d'homme en homme, avec ses trois slips et ses deux pull-overs dans sa valise de carton, sa beauté inattendue, sous ce côté presque clocharde... C'est ça qui pose le personnage, qui lui donne son mystère...

LOUBENSTEIN, *catégorique.*

Zéro! Moutchkine peut-être... Le peintre maudit, genre Modigliani, mais qui deviendra très riche et très célèbre, oui, alors, pour le contraste. Le public aime. Mais Stella c'est déjà la femme de luxe. Pour Ludmillia, c'est très important. Si vous voulez, elle est mannequin. Grand couturier. La présentation de la collection, le film pourrait commencer comme ça. Avec des filles superbes. Lui, il est venu pour faire des croquis, qu'un journal lui paie très mal. Lui, le peintre génial, on lui fait recommencer dix fois, on l'humilie, on rature le dessin, qu'un jour il vaudra des fortunes, mais ces imbéciles, ils ne peuvent pas imaginer! Il voit Stella et il a le choc. Il ne dessine plus qu'elle. Après la collection, il l'attend dans la rue. Elle sort et l'homme qui l'entretient est là. Grisonnant, Légion d'honneur, costaud, important, grosse voiture, chauffeur — un monsieur. Moutchkine suit en courant comme un fou dans la rue. L'autre l'emmène chez Maxim's. Et lui il ne peut pas entrer, il n'a pas un sou. Il regarde derrière la vitre. Le portier veut le chasser. Il se bat avec le portier. Le car de flics arrive, on va l'embarquer. Mais elle a vu la scène et, elle aussi, elle a eu le choc avec Moutchkine. Elle dit à l'homme qui l'entretient, homme très puissant, décoré. Ministre, peut-être. Il montre sa carte, on lâche Moutchkine et ils le font entrer chez Maxim's sans cravate, avec son costume tout râpé, dîner avec eux. Le portier qui voulait le chasser soulève sa casquette quand il passe. Vous voyez la scène?

D'ANTHAC, *toujours calme.*

Très bien.

LOUBENSTEIN

Caviar, champagne. Mais lui, il ne regarde qu'elle et elle, elle ne regarde que lui. Elle a pressenti le génie, elle. Et puis c'est le courant entre eux : le sexe! On doit sentir. Mais c'est pourtant avec l'autre qu'elle doit rentrer coucher, avec l'autre qui lui paie tout ce luxe dont elle ne peut pas se passer. Ça, c'est la femme! Vous comprenez, mon cher d'Anthac?

D'ANTHAC

Oui.

LOUBENSTEIN

Là, il faudra trouver les détails. En tout cas, l'homme il a senti lui aussi. Il a senti le trouble entre les deux autres. Il a senti le sexe. Alors il fait arrêter la voiture, tout d'un coup, sur le pont de la Concorde. Et il dit à la femme : « Descends et jette tous tes bijoux dans la Seine! » Alors la femme elle le regarde, avec le mépris, Monsieur d'Anthac, et elle prend ses bijoux, lentement, et elle les jette dans la Seine. Gros plan de l'eau noire. Et puis elle prend le bras de Moutchkine et ils s'en vont tous les deux à pied, dans la nuit. Vous voyez la scène?

D'ANTHAC

Très bien.

Il risque :

Les bijoux ce n'est pas un peu fort tout de même?

LOUBENSTEIN *éclate de rire.*

Non. Authentique, mon cher d'Anthac! Une fois, moi, j'ai fait avec Ludmillia. J'ai arrêté la voiture, sur le Pont-Neuf. Je l'ai fait descendre et je lui ai dit : « Si tu m'aimes pour moi, jette tes bijoux dans la Seine. » Elle n'a pas jeté, naturellement. Mais au cinéma, elle jette. Gros plan de l'eau noire. Les bijoux s'enfoncent lentement. Vous voyez ça, non?

D'ANTHAC, *morne.*

Très bien. Très bien.

LOUBENSTEIN

Comme ça, j'achète l'histoire! Et je ne compte pas ma collaboration! C'est gentil, non?

VON SPITZ, *qui a consulté sa montre.*

Monsieur Loubenstein, si on ne veut pas rater l'avion, je crois qu'il faut partir pour l'aérodrome.

LOUBENSTEIN

Je fais un petit saut à Rome. Douze heures. Je serai là demain et j'espère que ça aura travaillé là-dedans. Comment va l'adorable Madame Paluche, cher Julien?

PALUCHE

L'adorable Madame Paluche dort encore.

LOUBENSTEIN

Et la petite fille?

PALUCHE

Bien.

LOUBENSTEIN

Elle ne pleure plus? Je lui rapporterai une grosse poupée de Rome, la plus chère, pour l'avoir privée un soir de sa maman. Sans rancune, cher Julien! Entre amis, il faut bien s'engueuler un peu, non? Mais je vous donne le conseil d'un homme qui connaît mieux la vie que vous. Vous devriez prendre une nurse pour garder l'enfant. Vous gagnez assez avec le cinéma, non? La femme c'est un oiseau, il ne faut pas lui couper les ailes. Si vous voulez, Winifried, qui fait très bien toutes les commissions, vous trouve bonne nurse allemande. Ils ont encore, là-bas.

PALUCHE

Je vous remercie. J'y penserai.

LOUBENSTEIN

Allez! Travaillez bien tous les deux. Vous avez de la chance, vous les artistes! On bavarde entre amis, bien tranquilles, avec sa petite famille, à la campagne, aux frais de la production et hop! le petit chèque qui arrive tout cuit. Ce n'est pas toujours aussi facile de gagner sa vie, Monsieur Paluche! Moi j'ai commencé en vendant des cravates dans les rues, avec le parapluie...

VON SPITZ, *l'œil sur sa montre.*

L'avion, Monsieur Loubenstein!

LOUBENSTEIN

On y va! On y va!

Il leur crie encore en s'en allant :

Et du sexe, hein? N'oubliez pas le sexe! Gros comme ça! Je veux que le film de Loubenstein ça leur fasse boum dans l'estomac!

Il est sorti rapidement, suivi de Von Spitz.

D'ANTHAC, *quand ils sont seuls.*

Et voilà!

PALUCHE

Et voilà.

D'ANTHAC, *après un temps.*

Remarque qu'on n'est pas Chatterton. On ne va pas en faire un drame. D'ailleurs cette connerie-là ou une autre... Les producteurs aussi, mon fils, font des films pour s'exprimer.

Le rideau tombe.

Plus tard dans la matinée. La lumière revient sur le bistrot. Paluche écroulé à une table, morose. D'Anthac un peu plus loin, vautré, les pieds sur la table, attrape des mouches. Un temps où l'on suit son manège, puis il s'exclame :

D'ANTHAC

On les rate souvent. *(Il enchaîne.)* Tu n'as pas voulu m'écouter mon fils. On a été des fous! On aurait dû travailler tout de suite dans le caleçon. Foutus pour foutus, on avait le déshonneur plus facile. Ou alors lui proposer ma première idée dont tu n'as pas voulu : Tu prends un chien...

PALUCHE, *lassé.*

Oh, non! Je t'en prie...

D'ANTHAC, *amer.*

C'est bon, je l'écrirai tout seul mon histoire et la postérité me rendra justice. Un jour on dira jugeant mon siècle : « Et dire qu'à l'époque personne n'a voulu l'écouter! » Tu n'as pas soif?

PALUCHE

Non.

D'ANTHAC *fait mine de se lever timidement.*

Moi je vais peut-être aller faire pipi.

PALUCHE

Non.

D'ANTHAC *se rassoit, résigné.*

Tu veux m'empêcher aussi de faire pipi? Tu es malheureux? Elle était belle, oui, ton histoire... Mais enfin, on ne l'avait pas inventée! Elle était arrivée vraiment. Il ne faut pas être trop susceptibles... ce n'était pas nous les créateurs...

PALUCHE, *triste.*

Maintenant ça ne veut plus rien dire...

D'ANTHAC, *froid.*

Non. Mais c'est ça qu'il cherche, l'ordure! Tu penses bien qu'il a de l'instinct, sans ça il serait encore en train de les vendre ses cravates! Ce n'est pas ce qui est vrai qui se vend, c'est ce qui est con. Il est logique. Ce n'est pas pour voir la vérité qu'on paie sa place au cinéma avec Madame. La vérité, on en bouffe tous les jours au bureau et dans la petite famille. C'est pour voir des femmes qui fument et qui pètent dans la soie et pour être pendant une heure et demie le malabar qui se les envoie après avoir descendu tout le monde... Tac! Tac! Tac! Tac! Tu as remarqué comme je dégaine vite? On est tous des petits Tarzan qui n'osent pas, mon fils. On veut bien risquer le prix du billet pour entrer dans la salle, mais c'est tout.

Un temps.
Il demande soudain :

Tu es lâche toi?

PALUCHE

Je ne sais pas.

D'ANTHAC, *sourdement.*

Moi je suis lâche.

Il se relève soudain.

Merde! Je vais tout de même faire pipi.

PALUCHE, *lassé.*

Jeannette est là, qui lave l'arrière salle. Commande ici, c'est plus simple.

D'ANTHAC, *simplement.*

Merci, chef. Vous êtes humain, chef. Si tous les gradés étaient comme vous!

Il va vers le bistrot et commande :

Un Pernod ma cocotte!

Jeannette se relève surprise et les regarde s'essuyant les mains à son tablier.

JEANNETTE

Déjà?

D'ANTHAC

Comment déjà? Mêle-toi de ce qui te regarde. Le chef a dit oui. Il a compris que j'en avais besoin. D'ailleurs donne-moi tout de suite la bouteille. Ça t'évitera de te déranger.

Il revient à la table avec un verre et la bouteille. Il se sert, boit et demande soudain, agressif :

Qu'est-ce que ça peut bien te faire que je crève?

PALUCHE

Quelque chose sans doute.

D'ANTHAC

Cela dérange ta petite idée de l'ordre! tout simplement. Ou alors c'est que tu t'imagines mon foie en technicolor. Et cela t'impressionne – cette floraison mystérieuse et monstrueuse dans mon bide. Cet énorme fœtus macabre dont je n'en finis plus d'accoucher. C'est le côté gâchis, qui te gêne! Un jeune homme qui avait tout dans son berceau, c'est trop bête!

PALUCHE, *grave.*

Oui. C'est trop bête. Et trop triste.

D'ANTHAC, *doucement.*

Mais non, mon fils. Quelle importance?

PALUCHE, *après une petite hésitation.*

Je vais te dire quelque chose que je ne t'ai jamais dit, depuis près de dix ans qu'on se connaît. Avant qu'on se rencontre pour une histoire de cinéma, je te connaissais déjà.

D'ANTHAC, *distrait, dans son Pernod.*

Ah? Quel intérêt? Et comment? Moi j'avoue que je n'avais gardé aucun souvenir de ton intéressante et probe figure de bon jeune homme!

PALUCHE

Je te connaissais sans t'avoir rencontré.

D'ANTHAC, *sucré.*

La chronique mondaine du « Figaro », peut-être, au moment de mon mariage avec les Établissements Pignard-Legrand? Je t'imaginais de meilleures lectures, mon fils!

PALUCHE *continue sans relever.*

J'ai huit ans de moins que toi. Je ne t'en ai jamais beaucoup parlé non plus, mais j'étais un petit pauvre avec rien; moi, vraiment rien dans le berceau. La pauvre vie de travail honnête de mon père pour tout honneur, — et les désordres minables de maman, avec ses orchestres de bastringue et ses rêves d'achat à crédit. Et autour de moi, ce monde hostile, fermé, qui entoure les garçons pauvres. L'angoisse de la faille qu'il faut trouver coûte que coûte, dans les parois lisses du système, pour y entrer. J'avais dix-sept ans je crois bien, et un gros cahier où je recopiais les poèmes qui m'avaient touché; j'y collais aussi des articles ou des photos découpées dans les journaux; des fleurs séchées, souvenirs des jeunes filles que j'avais cru aimer et ce que je croyais être des pensées profondes sur la vie... Tu vois ça?

D'ANTHAC, *froid.*

Très bien. Ne me donne pas envie de vomir.

PALUCHE

Et parmi tous ces fétiches idiots d'adolescent, tu sais ce qu'il y avait, collée sur une page de mon cahier? Une photo de toi découpée dans un journal.

D'ANTHAC

Allons bon! Ne complique pas les choses. Tu ne vas pas m'avouer sur le tard un amour inavouable? Tu sais, sur ce plan, j'ai toujours été orthodoxe.

PALUCHE

C'était l'époque où tu courais pour Bugatti. Tu étais photographié au volant de ton petit bolide bleu ciel...

D'ANTHAC *a soudain un sourire tendre sur sa face d'ivrogne.*

Ah! Qu'elles étaient jolies...

PALUCHE

Quoi?

D'ANTHAC

Les Bugattis! Maintenant ils fabriquent des voitures de martiens!

PALUCHE

Tu étais beau, souriant, insolent, les lanières blanches de ton serre-tête autour de ton visage, une grosse gerbe de fleurs dans les bras et dessous ces simples mots : « Le comte d'Anthac qui vient de remporter à vingt-cinq ans le Grand Prix de Monaco. »

D'ANTHAC, *fermé.*

Et tu as découpé ça? Tu t'intéressais à l'automobile à l'époque?

PALUCHE, *simplement.*

Non. Mais tu représentais tout ce que je ne serais jamais.

D'ANTHAC, *après un silence, rogue.*

Hé bien, tu vois qu'il ne faut jamais se monter la tête! C'est toi maintenant qui as du talent – tu peux en être sûr, pour que César Impérator ait préféré avaler la couleuvre du dîner, que de te perdre pour le film! Ton avenir est devant toi. Et moi je suis devenu un metteur-en-scène-bonne-à-tout-faire à qui on donne les navets que les autres ne veulent pas — et un ivrogne précocement vieilli. Un jeune homme qui a un si beau passé! comme on disait d'Alfred de Musset. Ce sont des cuillères en or de farces et attrapes que Dieu met quelquefois dans les berceaux. Elles fondent dans la bouche, mon fils.

PALUCHE *crie soudain presque douloureusement.*

Pourquoi avais-tu fait un si beau film, il y a quinze ans?

D'ANTHAC, *rogue.*

Tu ne vas pas me répéter ça tout le temps? C'est monotone. C'était avant. Voilà.

PALUCHE

Avant quoi?

D'ANTHAC, *fermé.*

Avant. C'est tout. Revenons au scénario. C'est un sujet de conversation plus sain. Jupiter-Loubenstein doit fondre du ciel demain. Il faut s'y mettre. Connard ou pas il n'y a plus que lui qui me fait travailler. Ne l'oublie pas, mon fils.

PALUCHE

Il faut tout de même aussi que nous ayons un peu d'honneur bon Dieu! Il faut lutter.

D'ANTHAC

Contre la vaseline? Comme c'est futile mon fils, ça glisse. Et nous serons tout de même mangés au matin. Tu connais l'histoire de la chèvre?

PALUCHE

Sa guimauve hollywoodienne est répugnante. Il faut absolument garder la pauvreté ou c'est idiot.

D'ANTHAC, *qui le regarde amusé.*

Tu l'aimais tant que ça, ton histoire? Comme tu es jeune! Tu savais pourtant bien qu'à partir du moment où tu avais commencé à la lui raconter, elle était foutue. Elle est à lui, maintenant.

PALUCHE, *violent.*

Qu'est-ce qu'il s'imagine? Je ne lui ai encore rien vendu!

D'ANTHAC, *doucement.*

Tu as touché le premier chèque, mon fils. C'est ça le drame du cinéma. On touche tout de suite un chèque et après...

Il a un geste.

Tu as entendu comme il jouissait « Aux chiottes, Monsieur d'Anthac! Fini! Fini l'honneur! Vendu aussi! »

PALUCHE, *rageur.*

Je lui rendrai son chèque, au Loubenstein!

D'ANTHAC

Avec quoi, mon fils? Avec le premier chèque d'un autre producteur qui lui ressemblera comme un frère? Encore faut-il le trouver en ces veilles de guerre... Ajoute que l'adorable Lisa s'est déjà commandé, j'en suis sûr, un petit ensemble adorable, pour cet adorable été 39 — et qu'elle ne l'a pas encore payé. Tu l'as déjà flouée du séjour au Négresco; je ne te vois pas lui annonçant ça!

PALUCHE *crie soudain,*
marchant comme un fou.

Merde! Merde! Merde! Où faut-il aller pour être libre?

D'ANTHAC, *doucement.*

Dans un monde sans argent, peuplé de femmes qui n'ont envie de rien. Si tu as une adresse, tu me la refileras. Mon caméraman qui est un dur prétend qu'il en a une, à Moscou. Mais cela m'a toujours paru un peu loin. Et puis, comme je remarque que lui-même n'y va pas – j'attends des précisions supplémentaires.

LISA *est entrée dans un déshabillé.*

Bonjour! Je rêve de déjeuner mais il n'y a plus personne ici.

PALUCHE

Où est la petite?

LISA

Jeannette l'a emmenée faire les commissions au village. Elle est ravie. Elle adore cette fille.

D'ANTHAC, *dans son verre.*

Moi aussi. J'aime bien les putains.

LISA

On peut savoir pourquoi?

D'ANTHAC

Parce qu'elles ont le cœur entre les jambes. Pour la plupart des autres femmes, Dieu s'est trompé.

C'est la tête, qu'il leur a mis là. Picasso, déjà!

LISA

Vous en êtes déjà à la bouteille, Philippe? C'est pour cela que vous êtes si profond dès l'aube?

D'ANTHAC, *se resservant.*

Et je n'ai pas encore atteint le fond! La vérité est dans le cul de la bouteille. A la dernière goutte on crie : « Euréka! » et on tombe, foudroyé. D'ailleurs la vérité fait toujours tomber sur le cul.

LISA

Vous avez le snobisme des mots grossiers, Philippe. C'est bien banal.

D'ANTHAC

Vous tombez mal, mon ange. Cul — du latin *cullus* — est un noble et vieux mot français qui n'a jamais fait peur à personne jusqu'aux pauvres bourgeois minables du XIXe qui ont eu la grotesque idée de lui substituer le mot « derrière ». Et un « derrière de bouteille » cela ne voudrait strictement rien dire. On dit un « cul de bouteille ». Je regrette. J'ai le français très chatouilleux et je ne travaille qu'au Littré.

LISA

Votre humeur à tous les deux est charmante le matin! J'ai cru entendre le bruit de sa voiture. Loubenstein est déjà venu?

D'ANTHAC

Broum! Broum! Broum! Il est venu dès les aurores et il est déjà reparti. Broum! Broum! Broum! C'est un homme très rapide. A l'heure qu'il est, il est déjà à Rome.

LISA

Qu'est-ce qu'il va faire à Rome?

D'ANTHAC

Demander la bénédiction du pape sans doute, à la veille de sa croisade pour le sexe. Monsieur Loubenstein ne néglige rien.

LISA

Et le scénario? Il n'avait pas l'air très chaud hier soir?

D'ANTHAC

Il l'a refait dans la nuit, il y a rajouté du piquant et dans sa version, c'est adopté.

LISA *s'exclame, ravie.*

Mais c'est plutôt une bonne nouvelle! Pourquoi faites-vous cette tête tous les deux?

D'ANTHAC

Parce que ce n'est pas une bonne nouvelle. C'est devenu si con — celui-là n'est pas dans le Littré, ma chère, mais il faut bien que la langue évolue et c'est un mot qui est indispensable de nos jours — c'est devenu si con, donc, que Paluche songe à lui rendre son chèque et à le planter là.

LISA *s'est retournée vivement vers Paluche.*

C'est vrai?

PALUCHE

Oui.

LISA

Tu as un autre film en vue?

PALUCHE

Non.

Il y a un silence.

LISA

Tu penses quelquefois que tu as une femme et une fille?

PALUCHE

Tout le temps.

LISA

Tu penses quelquefois que la vie n'a pas été très drôle pour moi jusqu'ici? Cela commençait tout juste à aller un peu mieux, tu commençais enfin à te faire un petit nom dans le cinéma. On commençait enfin à pouvoir s'acheter les choses qui font tout le plaisir de la vie... Et tu songes à tout gâcher pour un caprice?

PALUCHE

Ce n'est pas un caprice.

LISA

Tu es engagé, il accepte ton scénario; tu penses bien que si tu le retires maintenant, Loubenstein ne te le pardonnera jamais. Et il s'arrangera pour qu'au cinéma personne n'ait plus confiance en toi. Tu le sais pourtant qu'il a le bras long?

D'ANTHAC, *doucement, dans son verre.*

Si long qu'on a beaucoup de mal à lui serrer la main.

LISA *se retourne vers lui, acerbe.*

C'est tout ce que vous avez trouvé, vous, au fond de votre Pernod? Vous le laissez faire, vous l'encouragez même sans doute, dans ses petites sautes d'orgueil imbécile?

D'ANTHAC, *doucement.*

Je lui ai dit qu'il était un fou. Mais au fond, j'aime bien les fous. Il n'y en a plus.

LISA *lui crie, un peu vulgaire.*

Vous avez peur de lui! Vous avez peur de tout. Vous avez tout juste le courage de gueuler n'importe quoi quand vous êtes saoul!

D'ANTHAC, *doucement.*

Je ne suis pas encore tout à fait saoul, il faut croire.

LISA *se retourne vers Julien*
comme une petite vipère.

Et toi c'est ton orgueil! Ton pauvre orgueil, c'est tout. Ton éternelle peur de te salir. Ta fameuse pureté, c'est de l'orgueil et de l'impuissance. Ce n'est jamais que des histoires — tes histoires... Et elles ne sont pas toujours aussi bonnes que ça, il ne faut rien exagérer! Tu vends des histoires mon bonhomme; c'est tout ce que tu as trouvé, pour faire vivre les tiens. Eh bien, vends-les tes histoires — sans faire d'histoires!

D'ANTHAC, *dans son coin.*

Oh, il est joli celui-là! J'aurais voulu le trouver.

LISA

Tu devrais plutôt te demander si tu leur as toujours donné ce qu'ils étaient en droit d'attendre de la vie — les tiens. Il faut peut-être penser à eux aussi, quelquefois? On commençait tout juste à s'en sortir un peu.

Elle ajoute fermée, après un petit temps.

Je l'ai fait assez longtemps, la bonne. Et je te jure bien que je ne recommencerai pas.

Un petit temps encore puis elle ajoute dure.

Et puis il y a autre chose. Loubenstein a été très aimable avec moi, hier soir, au dîner. Il m'a dit, de lui-même, que c'était trop dommage qu'une fille comme moi ne fasse rien. Et que si vous vous arrangiez pour écrire un petit rôle pour moi dans le film, à côté de Ludmillia, il me ferait faire un essai. C'est peut-être ma chance qui passe.

Un petit temps.
Elle ajoute fermée :

Ma chance! Ma chance, à moi. Tu ne t'en es pas beaucoup préoccupé jusqu'ici? Laver tes chaussettes et torcher ta fille; cela t'a toujours paru suffisant comme avenir, pour moi?

Il y a un silence, plus long.
Soudain d'Anthac épaule un fusil imaginaire et tire.

D'ANTHAC

Pfee! Pfee!

LISA *sursaute, surprise.*

Qu'est-ce qui vous prend?

D'ANTHAC

C'est l'ange qui est encore passé. Décidément je vais faire venir mon fusil de Paris.

Jeannette est entrée, elle dit à Lisa :

JEANNETTE

Madame il est bientôt midi. J'ai essayé de donner à la petite, mais elle dit qu'elle ne veut pas manger sans vous.

LISA *se lève brusquement et sort furieuse.*

Ah! Celle-là, par-dessus le marché!

Les hommes n'ont pas bougé.

Jeannette vient près de la table et demande doucement :

JEANNETTE

Je peux enlever la bouteille Monsieur d'Anthac? C'est peut-être mieux. Vous en avez bu près de la moitié.

D'ANTHAC, *doucement.*

Qu'est-ce que ça peut bien te faire?

Il a passé sa main sous sa jupe.

Elle le laisse faire, calme, avec son petit sourire indéchiffrable.

Il murmure encore :

Si tu enlèves la bouteille, laisse-moi ta cuisse — que je ne sois pas tout à fait seul...

JEANNETTE, *enlevant doucement sa main de sa jupe, gentiment.*

Il ne faut pas dire de bêtises, Monsieur d'Anthac! Je voudrais bien moi, mais j'ai à travailler. Ce soir, s'il dort.

Elle est rentrée dans le bistrot, dansante, emportant le verre et la bouteille. D'Anthac dit soudain, tendrement :

D'ANTHAC

Au fond il n'y a que les putains qui soient gentilles.

Paluche n'a pas bougé, il demande :

PALUCHE

Tu couches avec elle?

D'ANTHAC *a un geste, il dit drôlement.*

Si peu.

Il ajoute :

Il n'y a pas que le talent, hélas, qui fond dans la bouteille, mon fils!

PALUCHE *demande encore.*

Ça ne te dégoûte pas de partager avec ce gros porc?

D'ANTHAC *a un sourire triste.*

Rien ne me dégoûte, mon fils — que moi.

PALUCHE

Tu es amoureux d'elle?

D'ANTHAC *sourit.*

Tu aimes bien les grands mots! Elle est simple et douce à toucher... Ils me font rigoler avec leur érotisme... Il s'agit bien de ça! La douceur d'un ventre... Ils l'ont sans doute oubliée?

Il ajoute étrangement :

On n'aurait jamais dû sortir des ventres. On a été imprudents, mon fils. Finalement, on est mal dehors...

La lumière s'éteint sur eux deux, muets...

Quand elle revient blafarde, c'est la terrasse du bistrot la nuit. Le bistrot est fermé, il n'y a plus que la petite table de fer et le banc.

D'Anthac seul à la table la tête dans ses mains, devant un verre et une bouteille.

Paluche paraît nu dans un peignoir de bain au balcon, par la porte-fenêtre ouverte.

Il demande :

PALUCHE

Tu es encore là?

D'ANTHAC

Tu vois.

PALUCHE

Il faut monter te coucher. Il est près de deux heures. On ne fera encore rien demain.

D'ANTHAC

De toutes façons, on ne fera rien.

Il fait le geste de se servir.

PALUCHE *lui crie d'en haut.*

Arrête, je t'en prie!

D'ANTHAC

Trop tard, elle est vide.

PALUCHE

C'est trop bête! Je descends.

Il disparaît et va reparaître très vite nu dans son peignoir de bain.

D'ANTHAC, *goguenard, lui tendant la bouteille.*

Trop tard je te dis! Tu vois bien qu'elle est vide.

PALUCHE *le regarde un moment en silence puis il commence doucement.*

Philippe, c'est grave maintenant. Il faut que tu nous laisses faire quelque chose, Marie-Hélène et moi. Il faut que tu acceptes d'aller...

D'ANTHAC *l'interrompt, suave.*

En maison? J'y ai été trois fois. J'y ai fait connaissance de charmants alcooliques que j'ai tous retrouvés dans des bars, en sortant. Inutile d'y retourner, j'ai assez de relations dans le milieu. Dans les maisons de désintoxication il n'y a que les médecins qui se soignent — tu ne le savais pas, petit con? Comme tu sais peu de choses...

Il le regarde un instant, haineux, puis gueule soudain, violent :

Remonte maintenant! Tu as l'air de quoi, à poil en pleine nuit dans le jardin? Ce n'est pas un Feydau qu'on fait pour le Loubenstein! On travaille dans l'amour fatal!

Il gueule, ignoble soudain :

Et puis ta gueule de l'Armée du Salut, je ne peux plus la voir! Tu m'emmerdes! Remonte!

PALUCHE

Non.

D'ANTHAC *se dresse péniblement, haineux.*

Tu sais que je peux encore te casser la gueule, sale petit curé?

PALUCHE *a un petit sourire.*

Non.

D'Anthac menaçant fait un pas incertain, il doit se rattraper à la table.

D'ANTHAC

Évidemment je ne tiens plus debout. Mais je peux encore faire mal.

Il le regarde et lui crie encore.

Tu vas les fermer tes yeux d'épagneul, salaud? Je ne veux pas qu'on m'aime!

Il ajoute sourdement :

D'ailleurs tu ne m'aimes pas. C'est ta pitié que tu aimes. Tu es aussi répugnant que la comtesse Bas-du-cul quand elle me fait ses grands yeux tristes... Votre numéro est très au point, crapules. Fous le camp! Monte la retrouver et baise-la. Elle n'attend que ça. Vous vous consolerez tous les deux.

PALUCHE *lui a pris le bras, calme.*

Tu ne peux pas rester ici dans l'état où tu es. Ni remonter seul. Je vais t'aider à remonter dans ta chambre.

D'ANTHAC, *hors de lui.*

M'aider! Monsieur veut m'aider en plus! Monsieur jouit en ce moment d'être si bon. Tu n'aurais pas été boy-scout, toi, autrefois?

PALUCHE *sourit.*

Si. J'ai été aussi boy-scout.

D'ANTHAC, *sincèrement atterré.*

Quel monde! On se lie avec n'importe qui. On devrait se renseigner sur les gens, avant de travailler avec eux — leur demander leur casier judiciaire...

PALUCHE, *l'entraînant doucement.*

Viens. Asseyons-nous un moment sur le banc tous les deux.

D'ANTHAC, *se laissant entraîner.*

Tu profites... Tu profites... Si c'était le matin, je te foutrais mon poing sur la gueule.

PALUCHE

Tu le feras demain matin.

D'ANTHAC *gémit.*

Tu profites!... Je n'y penserai plus.

PALUCHE

Je te promets de te le rappeler.

D'ANTHAC

Tu me le jures?

PALUCHE

Oui.

D'ANTHAC

Bon.

Il ajoute rageur :

Je le ferai tu sais, dès que je pourrai!

PALUCHE *demande soudain.*

Pourquoi?

D'ANTHAC, *sombre.*

Parce que je n'aime pas qu'on entre chez moi.

PALUCHE

Tu y es bien chez toi, tout seul?

D'ANTHAC, *fermé.*

Ça me regarde.

PALUCHE, *soudain après un temps.*

Tu crois que c'est gai pour moi de travailler avec un ivrogne?

D'ANTHAC, *suave.*

J'ai déjà travaillé avec un autre ivrogne. Nous faisions des scénarios admirables. Nous nous trouvions beaucoup de talent, tous les deux.

PALUCHE

Et on les tournait, vos scénarios?

D'ANTHAC *a un geste, cocasse.*

On ne tourne jamais les bons scénarios. Ce n'est pas à toi que je vais l'apprendre.

PALUCHE, *qui le regarde bouffonner, grave.*

Pourquoi crois-tu que je te supporte depuis si longtemps?

D'ANTHAC

Parce que tu veux bouffer mon âme... Je vous connais, bande de curés! Le temps qu'il faut! Sous les insultes. Et plus on vous crache dans la gueule, plus vous jouissez. Tous des vicieux! Une fois, j'avais tourné un film au Chili, je revenais et il y avait un Père blanc sur le bateau. Trente ans en Amazonie. Bouffé, rongé, mité, fini. Le soleil, les moustiques, les fièvres. Ses petits copains lui avaient même bouffé le pouce et trois doigts de la main droite, je ne sais pas comment il avait réussi à sauver le reste du rôti. Il fumait la pipe de sa main gauche, béat. Un cadavre béat. Trente ans de sa vie! A la fin, je lui ai tout de même demandé : « Et vous croyez que vous en avez converti combien? » Il a eu un sourire que je n'oublierai jamais, un sourire de satisfaction sur sa pauvre gueule de macchabée : « Deux Monsieur. C'est beaucoup! »

Il ajoute après un petit temps.

Je ne suis pas fana des statistiques – surtout lorsqu'il s'agit d'âmes... Mais tout de même, quel égoïste, non? Je crois bien que je préfère Loubenstein. Au moins lui, il est franc. Il trait la vache mais il ne l'emmerde pas.

PALUCHE, *sourdement le regardant toujours, triste murmure.*

Quand je t'ai connu tu m'as ébloui... On ne croirait pas ce soir, hein?

D'ANTHAC *a un geste.*

Je sais. Mon premier film! Change de disque.

On est en août 39 – alors le baptême de Clovis, c'est tout de même une vieille histoire. Ça ne fait plus bander que les professeurs.

PALUCHE

Tu étais déjà ivrogne quand je t'ai connu. Tu étais déjà impossible. Dix fois j'ai été trouver le producteur pour lui dire que je renonçais. Et puis je suis resté.

D'ANTHAC *ricane.*

Le chèque, déjà?

PALUCHE

Non.

D'ANTHAC

Alors je ne vois pas...

Il bouffonne :

Mon talent, peut-être?

PALUCHE, *simplement.*

Non. Je n'avais jamais eu d'ami, même petit à l'école. Même pas au régiment. Et un homme boite, sans ami. J'ai cru que tu allais être mon ami.

D'ANTHAC *grommelle, après un temps.*

On se figure des choses, comme ça...

Il y a un silence encore.
Paluche demande avec une sorte de timidité touchante :

PALUCHE

Pourquoi m'as-tu refusé?

D'ANTHAC *a un geste vague.*

Je ne sais pas de quoi tu parles, mon petit. Tu affabules.

PALUCHE *demande soudain.*

Pourquoi m'as-tu toujours demandé aux producteurs alors, à chacun de tes films, si tu ne m'aimais pas?

D'ANTHAC *laisse tomber, méchant.*

Parce que tu as de l'imagination. Beaucoup d'imagination.

PALUCHE *accuse le coup.*

Merci. J'ai compris. Je ne t'ennuierai plus avec ça, excuse-moi.

D'ANTHAC *a un geste vague.*

De quoi? Je suis saoul comme une bourrique. Je ne sais même plus ce que tu m'as dit!

PALUCHE *s'est levé.*

Viens maintenant. Je vais t'aider à monter te coucher.

D'ANTHAC

Non. Je veux rester là.

PALUCHE

Toute la nuit?

D'ANTHAC

Oui.

PALUCHE

Pourquoi?

D'ANTHAC

Ma chambre est contiguë à celle de la comtesse Bas-du-cul. Je l'entends respirer la nuit et ça m'empêche de dormir. Ça me fait penser.

PALUCHE

Saoul comme tu l'es, je peux t'assurer que tu ne penseras plus. Viens!

D'ANTHAC

Détrompe-toi. C'est quand je suis saoul que je pense. Je bafouille, je ne dis que des conneries, mais à l'intérieur je suis vraiment très intelligent quand je suis saoul. Je vois clair, mon fils. Sur tout le monde. Seulement je garde ça pour moi. Si on savait ce que je sais quand je suis saoul; ça ferait peur. Le Préfet de Police enverrait tout de suite un car de flics pour me descendre. Tac! Tac! Tac! Tac! « On était obligés. On avait ordre de tirer à vue. Il était trop dangereux. On ne pouvait pas risquer qu'il parle. » Heureusement qu'ils ne savent pas, en haut lieu!

PALUCHE, *essayant de l'emmener.*

Quoi? Viens!

D'ANTHAC

Ce que je sais. C'est pas beau, mon fils.

PALUCHE *le regarde et lui dit soudain froid.*

Tu sais, je ne suis pas con, non plus. Grâce à toi, d'ailleurs, c'est toi qui m'as appris à être intelligent, à vingt ans. Tu es aussi un peu cabot, quand tu as bu. Et tu aimes bien jouer les diables — à bon marché. Tu gueules, tu fais peur à tout le monde. Et puis tu te conduis, pour finir, comme une vieille mama pleureuse. Tu t'attendris éternellement sur toi. Qu'est-ce qui t'est donc arrivé de si terrible et que tu n'avais pas mérité?

D'ANTHAC, *lassé, affalé sur son banc.*

Vas-y petit! Vas-y petit, te gêne pas, tu as le bon droit pour toi!

Il demande doucement :

Tu crois que c'est ragoûtant, toi?

PALUCHE

Quoi?

D'ANTHAC

Les vers du nez. Ça grouille, ça pue mon fils. Pourquoi cette obstination à les tirer du nez des autres? Vous ne pouvez pas les laisser où ils sont?

PALUCHE

J'essaie de t'aider, c'est tout.

D'ANTHAC

En maison, j'avais droit au psychiatre. Il voulait m'aider, lui aussi. Un bon jeune homme, dans ton genre, en plus savant et plus froid. Je m'étendais sur son divan, bien coopératif, bien aimable et je lui en sortais, je te le jure, des vers du nez. Des énormes; des bien gras, comme il n'en avait jamais vu. Il en jouissait prodigieusement, il en haletait en prenant des notes. Un bond, qu'il allait lui faire faire à la psychanalyse, en publiant ça! Quel con! Je l'ai bien eu.

Un silence puis il dit soudain d'un autre ton :

Je vais te dire mon secret, petit curé. Comme ça tu me foutras peut-être la paix et tu pourras aller te recoucher. Je suis un lâche.

PALUCHE

Tu me l'as dit cent fois. Nous le sommes tous.

D'ANTHAC, *sombre.*

Pour vous c'est un mot. Moi je l'ai vue en face.

PALUCHE

Quoi?

D'ANTHAC

La gueule pâle de ma lâcheté. Ça ne s'oublie pas.

Il dit soudain avec un petit sourire étrange.

Elle était mignonne tu sais, Marie-Hélène, il y a quinze ans, avec son petit air comme il faut. Et son petit courage pour me suivre dans les hôtels de passe, contre toutes les lois de son milieu de connards. Je crois bien que j'étais en train de l'aimer... C'était l'époque de la photo du Grand Prix de Monaco. J'étais aussi con que toi, à l'époque. Moi aussi, je croyais à la lune : un sportif, c'est te dire! Tu vas rigoler, mon fils pour soigner ma forme, je ne buvais que de l'eau, à vingt ans. Et puis un jour, elle s'est trouvée enceinte et son père est venu me trouver avec un pétard. C'est bizarre, tu sais, le petit trou rond d'un pétard. On ne peut pas savoir, tant qu'on ne l'a pas vu, à deux doigts de sa gueule, avec un forcené, venu du fond des âges, cramponné à l'autre bout. Il s'agissait de l'honneur des Pignard-Legrand, tu comprends?

PALUCHE, *après un temps.*

Tout le monde aurait fait comme toi. La lâcheté c'est de prendre un pétard pour aller trouver un homme désarmé.

D'ANTHAC, *doucement.*

Tu es très bon, mon fils. Seulement, moi, resté seul, je l'ai regardée longtemps dans la glace.

PALUCHE

Quoi?

D'ANTHAC

Ma gueule de lâche. Et j'ai vérifié, depuis. Une carpette. J'avais toujours été et je serais toujours une carpette. La trouille, tu m'entends? La trouille de tout. J'ai la trouille de tout. Alors je me suis mis à imbiber la carpette pour oublier. Ça date de là.

Il ajoute après un petit temps :

C'est harassant, tu sais, de se mépriser. Mon père ne s'y est pas trompé. Il n'est pas venu au mariage et il est mort sans me revoir. Il m'aurait pardonné une danseuse et il aurait vendu une terre sans sourciller, pour payer mes dettes de jeu. Mais pas ça. Une autre race de connard, plus ancienne...

Il soupire :

Mais enfin, c'était la mienne.

Il rêve un peu et ajoute, mystérieusement, avec une sorte de tendresse dans son sourire.

C'était un homme marrant, mon père. Saumur, bien sûr, le Jockey, un monocle, un cul de singe, sept duels. Et il saluait les femmes enceintes dans les rues, d'un grand coup de gibus. Je ne sais pas si tu te rends tout à fait compte? ... Évidemment ce n'était pas un personnage pour Loubenstein, mais il était en ordre avec lui-même, lui. Et c'est l'essentiel. Je ne suis pas en ordre avec moi-même, mon fils, voilà tout mon secret. C'est ça qui m'a obligé à vider autant de bouteilles.

Il y a un long silence puis Paluche a soudain un geste tendre, insolite, au visage de d'Anthac, il lui dit doucement :

PALUCHE

Viens te coucher maintenant, mon gros.

D'ANTHAC *a un geste vers la main de Paluche avant qu'il la retire.*

Je t'aime bien, tu sais mon fils. Mais quelquefois, je te hais, d'être tout droit, tout pur, un peu con. D'avoir du courage. Alors je te vomis dessus. C'est un réflexe.

-Il ajoute :

Je te dis tout ça parce que je suis vraiment très saoul ce soir, mais demain je recommencerai à te traiter de petit con.

Il ajoute encore, étrange :

Tu n'es pas un petit con. C'est toi qui es dans le vrai. Mais chut! Il ne faut pas le dire...

PALUCHE

Je suis lâche aussi. J'ai fini par accepter le film à cause de Lisa.

D'ANTHAC

C'est le métier des bonnes femmes. Elles sont là pour nous les couper.

Il demande :

Tu ne peux pas te passer d'elle, mon fils?

PALUCHE, *sourdement.*

J'avais cru bâtir quelque chose... Et puis elle a un petit otage, entre ses mains, que je ne pourrai jamais abandonner; j'en crèverais. Il y en a qui rêvent d'aventures à vingt ans; moi c'est d'une famille que j'avais rêvé. Peut-être parce que la mienne était boiteuse. D'une famille et d'un ami.

D'ANTHAC

Raté! Regarde-le bien ton ami, bon jeune homme. C'est cette vieille éponge imbibée qui ne peut même pas se lever de son banc.

PALUCHE

Allez, montons maintenant.

D'ANTHAC

Et dire que demain, il faudra raconter quelque chose au Loubenstein! On pourrait peut-être lui dire qu'on a changé de sujet et lui raconter notre histoire? Tu parles d'un scénario! Il trouverait le moyen d'y foutre du sexe, l'ordure! On rigolerait bien!

LISA *paraît soudain sur le balcon en chemise.*

Où étais-tu?

PALUCHE

En bas, avec Philippe.

LISA

Il est plus de deux heures! Tu ne sais plus quoi inventer pour être désagréable. La petite a eu un cauchemar. Elle t'appelle. Moi je ne peux pas arriver à la calmer. Je commence à en avoir assez de faire l'idiote au pied de son lit. Monte.

PALUCHE

Je monte.

Lisa disparaît dans la chambre.

Allez. Lève-toi, mon petit père. Je te soutiens.

D'ANTHAC, *doucement pendant qu'il l'aide.*

Pendant qu'on y est, tu veux que je te dise ce que je faisais sur le banc, mon fils, à deux heures du matin? J'avais rendez-vous avec Jeannette. Je la retrouve dans la cabane aux outils qui est au fond du terrain. Mais les chiens ont aboyé. Le patron est descendu avec son fusil... Il soupçonne un Arabe de la carrière, avec qui elle doit coucher aussi... Ça m'a rappelé quelque chose... et je suis resté sur mon banc collé à ma merde, comme si j'avais fait sous moi, sans oser bouger...

Un petit temps.
Il ajoute :

J'ai téléphoné à Paris. Demain je recevrai mon fusil. Un Purdey d'un million et demi, cadeau de mes dix ans de mariage...

Il tire titubant.

Pfee! Pfee! Il faudra pourtant que je m'y habitue à ces engins. Et qui sait, un de ces jours, je descendrai peut-être un ange?

PALUCHE

Viens maintenant. Appuie-toi sur moi.

D'ANTHAC

Comme une grosse mémère... Quel couple on doit faire tous les deux!

Ils sont disparus dans l'ombre contournant la maison.

La lumière baisse en même temps jusqu'au noir.

Le bistrot à l'intérieur, le matin.

Loubenstein, Von Spitz, Paluche et d'Anthac attablés.

LOUBENSTEIN

Très bonne ambiance là-bas, mes amis! Je ne vois pas pourquoi vous faites des gueules de déterrés, ici!... Ils ne sont pas du tout inquiets pour la guerre, en Italie! Très optimistes. Ils disent que Mussolini va tout arranger. Grand copain de Hitler, comme cul et chemise. Tout est déjà réglé entre eux, comme à la foire... Parlons plutôt de cinéma... Voyage à Rome très fructueux. J'ai trouvé beaucoup d'argent italien pour très grand film international en trois versions... On ne doit pas le dire, mon cher d'Anthac, c'est secret : la plus grosse partie des fonds, c'est le Vatican. Ils ont décidé d'investir dans le cinéma. Et ces gens-là, avec toutes leurs quêtes dans le monde entier, je n'ai pas besoin de vous dire qu'ils ont de quoi!...

J'ai dit que j'avais les droits, excellent scénario et ils ont été très intéressés!

D'ANTHAC, *surpris.*

Par l'histoire de Moutchkine?

LOUBENSTEIN, *prudent.*

Naturellement pour enlever l'affaire, j'ai dû modifier un peu en racontant. Ça se passe à Rome. Ils y tiennent beaucoup.

D'ANTHAC *a un geste fataliste.*

Pourquoi pas?

LOUBENSTEIN

Attention! Pas Rome moderne. Rome antique. Ils tenaient beaucoup aussi. Grande superproduction Rome antique! Les gladiateurs, les jeux du cirque, les bêtes fauves au Colisée; ils ont tout ça sur place là-bas. Et les moyens! On peut espérer succès « Ben Hur », mon cher d'Anthac!

D'ANTHAC, *un peu étonné tout de même.*

Mais Moutchkine, là-dedans, qu'est-ce qu'il vient foutre?

LOUBENSTEIN

Même histoire, mon cher d'Anthac, seulement un peu modifiée dans le détail. Moutchkine il est un centurion romain qui s'est converti au christianisme – seulement personne ne le sait – top secret! – il commande la garde de César. Et Stella, elle est grande courtisane romaine dont César est tombé amoureux fou. Femme de luxe, ils sont d'accord. Très bon pour Ludmillia. Alors au lieu de commencer par la présentation de la collection, comme dans le scénario original, ça commence par grand jeu de cirque. Combat de gladiateurs, vous voyez, non? C'est presque la même chose... Et toutes les jolies femmes de Rome qui regardent, très excitées, tous ces jeunes hommes qui vont mourir. Presque sadique, non? Mais on glisse à cause du Vatican, on suggère seulement, beaucoup de doigté! A la fin du combat, jeune gladiateur gaulois terrassé par Nubien; homme superbe, tout nu, seulement le filet et le trident, contre l'autre cuirassé et armé, excitant non? Et César va baisser le pouce. Vous connaissiez?

Il mime.

César il faisait comme ça et on emmenait l'homme pour le soigner, il faisait comme ça et on le tuait. Gros plan du pouce. C'est cinéma non? César, il regarde ennuyé. Gros homme fatigué, très puissant; très blasé. A la fin du combat quand le Nubien l'interroge du regard pour savoir s'il doit finir l'autre, il va baisser le pouce, comme ça, en pensant à autre chose... Très cruel, Monsieur d'Anthac! mais vécu : authentique! Stella est accroupie à ses pieds très chatte — de l'autre main, mon cher Philippe, il tient peut-être le sein nu de la femme...

Il se reprend.

Si Vatican permet! Elle, elle se lève, comme par jeu et lui retourne le pouce en l'air! César, qui est très amoureux de la fille, éclate de rire et le jeune Gaulois il est sauvé! Bon début, non? Mais attention! Moutchkine qui est amoureux de Stella il a vu le geste et son visage s'éclaire. On coupe. Ergastules, vous connaissez?

D'ANTHAC

Oui.

LOUBENSTEIN

Prisons romaines où on enfermait les esclaves. On soigne le jeune Gaulois et Moutchkine vient le voir. Grands amis. Tous deux chrétiens. Il lui explique que c'est Stella qui l'a sauvé en relevant le pouce de César et que si on pouvait la rendre chrétienne ça serait très bon pour la cause. Vous comprenez, non?

D'ANTHAC

Très bien.

LOUBENSTEIN, *qui s'excite.*

Là, c'est l'intrigue qui se noue. Stella elle est aussi amoureuse de Moutchkine, au cirque elle le regardait tout le temps, nous avons vu. C'était déjà le sexe – mais toujours sans insister, Monsieur d'Anthac – à cause Vatican. On la retrouve au palais couchée avec César; gros homme obscène, répugnant, qui ronfle moitié nu, elle aussi... si Vatican permet. Elle, elle ne dort pas. Elle se lève doucement de la couche, elle sait que c'est Moutchkine qui est de garde à la porte ce soir-là. Elle se glisse dans la galerie. Grande vue de Rome, sous la lune, entre les colonnes. Maquette. Elle s'approche de lui immobile au garde-à-vous devant la porte, très chatte. Le regard, le fluide entre eux, le sexe! On suggère seulement! Elle le caresse. Lui immobile regard fixe, comme les soldats devant le palais de Buckingham; vous avez vu à Londres, non? Et sur le buste nu de l'homme en le caressant, elle découvre un petit poisson tatoué. L'emblème des chrétiens, vous saviez? Elle le regarde, étonnée, alors Moutchkine, il défait les bras de la fille, doucement, et il lui montre le ciel. C'est autre chose qui compte dans la vie, ce n'est pas seulement le sexe et l'amour, Monsieur d'Anthac : c'est le ciel! La petite écoute étonnée, les mots qu'elle n'avait jamais entendus. On coupe. La réunion des chrétiens dans les catacombes. Un homme barbu, à moitié à poil, qui prêche. C'est Pierre — grand apôtre, très connu! Il explique le Christ. Et dans le fond de la salle voilés, au milieu des pauvres diables, Stella et Moutchkine qui écoutent la parole en se tenant par la main. Visage de Stella transformé, Monsieur d'Anthac, elle a compris, elle aussi veut le Christ! Alors nous assistons au baptême; comme à l'époque, dans la piscine, la femme, en chemise — comme ça, il ne peut rien dire, le Vatican! — mais tout de même toute mouillée, hein? que ça moule les formes... Vous voyez, non? Pierre baptise et tout de suite après il unit le couple. Le mariage. Devant Dieu. Finie la chiennerie de la grande courtisane! Purifiée maintenant avec le sacrement. C'est émouvant non? Et c'est public!

Il porte son doigt à son œil, ému lui-même.

Toute la salle comme ça, Monsieur d'Anthac!

D'ANTHAC, *conciliant.*

Ben, voyons! Il y a de quoi.

LOUBENSTEIN, *ravi.*

N'est-ce pas? Mais Stella, elle doit regagner la couche de César qui pourrait s'apercevoir de son absence. C'est cruel, mais c'est comme ça. C'est la vie, non? Elle se hâte vers le palais et Moutchkine, ravagé, il la voit retourner à cet homme après le mariage devant Dieu. Affreux, non? Alors, désespéré, il va dans la nuit, déguisé, à l'école des gladiateurs retrouver le jeune Gaulois, qui est guéri maintenant. Et, dans la nuit, ils font la révolte des gladiateurs. Historique! Spartacus! Vous avez vu le film? Mais attention! L'esclave nubien du palais avait suivi Stella aux catacombes. Il avertit César que Stella est devenue chrétienne et qu'il l'a vue avec le centurion. Et César entre en fureur épouvantable – deux fois cocu, mon cher ami, Moutchkine et Christ en plus, c'est trop! Il la fait arrêter et décide, homme cruel, torturé de jalousie, qu'elle sera livrée aux bêtes aux prochains jeux du cirque avec d'autres chrétiens. Bouffés, Monsieur d'Anthac! Bouffés par les lions, ces pauvres diables! Historique. Là, grande séquence terrible. Suspense. Moutchkine sait qu'il n'a que quelques heures pour réussir. Les gladiateurs révoltés ont gagné la campagne; soulevé les esclaves de toutes les propriétés autour de Rome et maintenant il faut marcher sur Rome et arriver à temps pour sauver Stella des lions. Heureusement que César a décidé qu'elle passerait la dernière, par raffinement de cruauté!

D'ANTHAC, *qui rigole un peu.*

Et ils vont réussir à prendre Rome? Ça, ce n'est pas historique, mon cher Loubenstein!

LOUBENSTEIN, *assombri*.

Je sais. Ils m'ont dit. Ils sont très à cheval sur leur histoire, là-bas. Méticuleux. Un peu chauvins, même, monsieur d'Anthac!... Mais j'ai proposé modification. Grande séquence mystique. Et ça, ils ont beaucoup aimé. Le Vatican aussi. Stella, seule au milieu du cirque, en face lion énorme, commence la prière, comme Pierre lui a appris. Le lion rôde autour d'elle rugissant et soudain il se couche et lui lèche ses pieds nus. Bouleversant non? Visages dans la foule de Moutchkine et de Pierre très émus; qui se serrent le bras. Silence stupéfié de la foule, puis soudain elle éclate à grands cris, elle implore César, elle demande grâce et le gros homme vexé – il a peur de la populace, il sent son pouvoir fragile et que la démocratie elle gagne du terrain dans le pays – il est obligé de lever le pouce pour éviter la révolution. On ramène Stella aux ergastules, mais César, il a décidé qu'il la ferait étrangler dans la nuit, par le Nubien, pour assouvir tout de même sa vengeance. Là, doit se placer grande scène d'amour avec Moutchkine qui vient déguisé aux ergastules. Ils sont époux maintenant – devant Dieu – vous saisissez d'Anthac? et il a décidé de mourir avec elle. Il est presque heureux que César maintenant, il ne puisse plus la salir. La mort plutôt que la souillure! La rédemption de la grande courtisane; c'est beau, non? Il faut les prendre là, les gens, mon cher d'Anthac!

Il lui touche le cœur.

Ça vend aussi. L'homme, mon cher, il n'a pas seulement un sexe, il a un cœur. Et quand on peut venir au cinéma avec toute sa petite famille, c'est bon aussi pour la recette! Grand film chrétien! Ils ne sont pas fous, au Vatican. Ils vendent aussi, depuis très longtemps. Et vous savez combien il y a de chrétiens dans le monde, Monsieur d'Anthac? Six cents millions! Presque autant que de Chinois. Ça laisse rêveur, non? Il faut s'atteler tout de suite à ça maintenant! J'ai promis premier script dialogué provisoire dans quinze jours. Deux bons catholiques comme vous, vous devez être contents, non? de faire grand film chrétien?

D'ANTHAC, *morne.*

On pète de joie. Je vais télégraphier ça aux Jésuites. Ils vont se mordre les doigts de m'avoir renvoyé, il y a trente ans.

Il y a un silence puis Paluche dit soudain, calme :

PALUCHE

Monsieur Loubenstein, je ne sais pas ce que décidera d'Anthac, mais je veux vous dire que, moi, je ne ferai pas votre film.

LOUBENSTEIN, *doucement.*

Pourquoi?

PALUCHE, *net.*

Parce que je le trouve trop con.

LOUBENSTEIN, *d'abord un peu abasourdi, a un sourire.*

Tst! Tst! Tst! Monsieur Paluche vous allez encore faire grand éclat inutile... Vous êtes trop susceptible... Ce n'est pas d'aujourd'hui que vous faites du cinéma non? Vous savez que le cinéma est une chose difficile, avec des contingences... J'ai la possibilité d'avoir d'énormes capitaux italiens et l'argent en ce moment, c'est une couleuvre, Monsieur Paluche, il file, il se cache sous les pierres, il a peur. Je ne suis pas le bon Dieu, moi! Les capitaux, il faut que je les trouve. Le cinéma ce n'est pas aussi facile que se l'imaginent les artistes, Monsieur Paluche. L'idée on a toujours l'idée – on peut la remplacer par une autre idée. Qu'est-ce que ça coûte? Du vent! Le fric, on l'a pas toujours.

PALUCHE

Ce sont vos problèmes, pas les miens.

LOUBENSTEIN

Comme c'est enfantin, Monsieur Paluche! Raisonnons un peu comme deux grands garçons...

A quoi ça sert de se mettre en colère? C'est vous qui avez proposé le scénario.

PALUCHE

Pas celui-là.

LOUBENSTEIN

Pas tout à fait celui-là, non, mais au cinéma qui a jamais tourné le scénario original, vous pouvez me le dire? Vous m'avez raconté une histoire avant-hier, non? Je n'étais pas très chaud, puis dans la nuit je réfléchis, je vous propose petites modifications pour apporter un peu de sexe et vous promettez travailler dans ce sens. Bon. Je vais à Rome et là-bas on m'offre grosse possibilité argent Vatican, pour faire grand film chrétien. C'est l'opportunité, Monsieur Paluche! Je ne suis pas fana catholique, mais je suis bien obligé envisager la question, non?

PALUCHE

Pas moi. C'est tout.

LOUBENSTEIN

Je ne suis pas bête, hier, j'ai bien vu que ça vous dégoûtait vendre sexe – ça vous dégoûte aussi vendre bon Dieu – qu'est-ce que vous voulez vendre alors?

PALUCHE

Rien. Je reprends mon histoire c'est tout.

LOUBENSTEIN, *froid, soudain.*

Votre histoire. Votre histoire... Vous n'êtes pas raisonnable Monsieur Paluche. Vous avez déjà touché votre chèque.

PALUCHE

Je vous le rendrai.

LOUBENSTEIN

C'est un détail... Moi, Loubenstein, j'ai déjà raconté votre histoire là-bas. J'ai déjà donné votre nom et celui de Monsieur d'Anthac et ils étaient d'accord. De quoi j'aurais l'air, si je dois leur câbler que vous ne la trouvez pas bonne maintenant, l'histoire? Ça ne se fait pas, Monsieur Paluche!...

Un temps.
Il ajoute, plus dur.

J'ai des associés. Je ne suis pas seul. Vous savez qu'au cinéma tous les intérêts sont liés. Ça fait vraiment beaucoup de monde à qui je serai obligé de dire qu'on ne peut pas compter sur vous... C'est fragile la réputation, au cinéma, Monsieur Paluche...

PALUCHE, *raide.*

Je sais.

LOUBENSTEIN, *doucement.*

Moi je voulais être très gentil... Nous avons eu petite engueulade, j'ai passé l'éponge. J'ai rapporté grosse poupée de Rome à la petite. Je voulais même faire faire un bout d'essai à Madame par sympathie pour vous, parce que je crois que c'est une jeune femme qui s'ennuie un peu dans la vie... Et que c'est jamais bon une jeune femme qui s'ennuie, non? Vous l'avez dit à Madame Paluche que vous ne vouliez pas faire ce film?

PALUCHE

Oui.

Il y a encore un silence puis Loubenstein dit — étrange et durci, avec un curieux petit sourire au coin des lèvres.

LOUBENSTEIN

Vous êtes bien léger, Monsieur Paluche, avec votre femme aussi... Mais un contrat est un contrat. Surtout quand on a touché le premier chèque.

PALUCHE

Je vous le rendrai.

LOUBENSTEIN *explose soudain pâle de rage.*

Je m'en soucie comme crotte de bique du chèque! Je les bouffe les chèques! Je les fous à la corbeille à papier quand ça me chante! J'en fais papier-cul, moi, des chèques! Vous croyez que je suis crotte de bique? Je suis le grand Loubenstein et quand, moi, Loubenstein, j'ai dit je fais le film, je fais le film! Quand je dois retourner des séquences, je brûle la pellicule et je retourne les séquences, je reconstruis le décor, qu'il m'avait coûté des millions! Quand je dois renvoyer la vedette, je renvoie la vedette; je paie le dédit! Quand je dois changer le scénario, je change le scénario! Je suis très gentil dans la vie, Monsieur Paluche, mais je brise tous ceux qui se mettent en travers de ma volonté.

Il a un geste de fou, soudain.

Comme allumettes! Demandez à Winifried.

Il est tout blanc, il dit soudain, sourdement :

Mon médecin m'a défendu de me mettre en colère. Je vais faire un petit tour dans le jardin et je reviens.

Il est sorti.

Les trois hommes restent muets un instant, puis Von Spitz dit doucement :

VON SPITZ

Monsieur Loubenstein ne peut pas supporter d'être mis en état d'infériorité. C'est quelque chose qui le rend cruel. Il ne vous a jamais fait le coup de la porte?

D'ANTHAC

Qu'est-ce que c'est le coup de la porte?

VON SPITZ

Monsieur Loubenstein commence par vous attacher à lui par ses bienfaits. Contrairement à la légende, vous avez pu le constater, Monsieur Loubenstein est très généreux. Il ne discute qu'en affaires. Monsieur Loubenstein adore avoir des obligés, une petite cour attentive, qu'il paie royalement, et qu'il tient bien. Son sentiment d'insécurité qui est, sans doute, sa seule faille y trouve un certain apaisement. Mais personne n'est exempt de la peur... La peur ne nous quitte que par instants – et certains jours, où il n'est pas sûr d'être à la hauteur du personnage qu'il voudrait être, Monsieur Loubenstein sent tout à coup le besoin d'un sacrifice humain aux dieux de sa peur. Alors il convoque un membre de sa petite cour dans son bureau et il lui demande quelque chose d'impossible... Quelque chose que l'autre ne peut vraiment pas accepter. Et Monsieur Loubenstein le sait bien. L'autre essaie de tenir tête, du mieux qu'il peut, d'expliquer, aussi poliment que possible, qu'on lui demande peut-être trop... Alors Monsieur Loubenstein, dont la peur s'apaise peu à peu, en regardant la panique de l'autre, se lève de son grand bureau, souriant, toujours calme, et va ouvrir la porte du couloir. Puis il revient à son bureau, souriant toujours, allume posément un cigare et vous dit : « La porte est ouverte, Winifried. Je ne retiens jamais personne. Je suis un démocrate et je sais que les hommes sont libres. » Et l'autre est debout, là, les mains moites, mesurant tout ce qu'il doit accepter de perdre. Un temps plus ou moins long s'écoule, selon le degré de plaisir que Monsieur Loubenstein prend, ce jour-là, à cette petite cérémonie. L'autre est toujours là, muet, collé à sa peur. Alors le visage de Monsieur Loubenstein s'éclaire d'une sorte de tendresse – oui, d'une sorte de tendresse et il vous dit : « Alors, mon cher ami, allez donc fermer cette porte. Il y a un courant d'air! » Vous allez fermer la porte, vous demandant si vous aurez le courage de vous retourner. Vous vous retournez cependant et Monsieur Loubenstein a presque les larmes aux yeux de tendresse et il vous offre généralement une très substantielle augmentation.

Il ajoute, raide :

Que vous acceptez. Naturellement.

D'ANTHAC *demande.*

Et la chose impossible?

VON SPITZ

Il n'en est plus jamais question. Monsieur Loubenstein n'est pas un monstre. Il lui suffisait de vous obliger à l'envisager.

Ils sont raides tous les trois, muets. Loubenstein entre ruisselant, s'essuyant la tête avec son mouchoir.

LOUBENSTEIN

Je me suis mis la tête sous la fontaine. C'est toujours comme ça que je me calme. Monsieur Paluche nous sommes en démocratie et nous sommes tous des hommes libres. Je ne veux pas forcer un artiste. Vous ne ferez pas le film. Je déchire le contrat. Et ne vous inquiétez pas pour le chèque, vous me le rendrez plus tard. Nous allons regagner Paris, Winifried.

Il se recoiffe souriant avec son peigne de poche puis il se retourne vers d'Anthac :

Mais avant je veux poser une question. Est-ce que je peux tout de même compter sur vous pour la mise en scène, Monsieur d'Anthac?

Tout le monde regarde d'Anthac tout pâle.

Enfin, d'une voix imperceptible, il dit :

D'ANTHAC

Oui.

Paluche détourne seulement les yeux, triste.

Jeannette est entrée portant un paquet.

JEANNETTE

Monsieur d'Anthac il faut votre signature.

D'ANTHAC, *comme s'il revenait de loin, égaré.*

Qu'est-ce que c'est?

JEANNETTE

Un paquet pour vous.

Elle lui remet un paquet oblong encombrant et lourd et elle sort.

LOUBENSTEIN

Une surprise mon cher d'Anthac? Le petit Noël déjà? Vous n'ouvrez pas?

D'ANTHAC

Non. Je sais ce que c'est.

LOUBENSTEIN

Et qu'est-ce que c'est? Ça a l'air lourd! Un jambon?

D'ANTHAC

Mon fusil.

LOUBENSTEIN

La chasse est ouverte, déjà, dans la forêt de Fontainebleau?

D'ANTHAC

Non. Mais ça ne fait rien. Je tire sur les anges. Et l'espèce n'est pas protégée.

LOUBENSTEIN *s'esclaffe.*

Sacré d'Anthac! Ce que j'aime bien chez vous, c'est que vous faites toujours quelque chose de drôle au moment où on s'y attend le moins! Il est près de midi, si on déjeunait tout de même ensemble, si Monsieur Paluche le veut bien? Ce n'est pas parce qu'on a eu un petit accrochage qu'on ne peut pas casser la croûte ensemble, non? Si on ne pouvait pas se mettre à table avec les gens qui vous ont fait crasse, on ne mangerait plus, au cinéma! Naturellement je vous garde chien de ma chienne, Monsieur Paluche, je suis comme ça! mais je ferai tout de même faire le petit bout d'essai à Madame. La solution est correcte Winifried?

VON SPITZ

Oui, Monsieur Loubenstein.

LOUBENSTEIN

Alors nous allons tous nous détendre et faire tout de même bon gueuleton à Fontainebleau, dès que les dames seront descendues. Ça compte aussi, la gueule non? Winifried vous pouvez aller chercher la poupée de la petite dans la voiture. La guerre est finie!

Le vieux du pays fait irruption soudain gueulant, jubilant :

LE VIEUX DU PAYS

Ça y est! Ça y est! Ça y est je vous dis!

LOUBENSTEIN, *derrière qui il a surgi, sursaute.*

Qu'est-ce qui y est?

LE VIEUX DU PAYS, *se précipitant sur le poste.*

Les carottes sont cuites! Ils sont en train de le

dire à la radio! Le Hitler, il est entré ce matin en Pologne. L'Angleterre a rappelé son ambassadeur!

LOUBENSTEIN *s'écrie furieux.*

Qu'est-ce que vous racontez, espèce d'imbécile? Est-ce que vous savez ce que vous dites? Qu'est-ce que raconte cet homme, Winifried?

VON SPITZ, *qui s'est raidi soudain.*

Ce qu'il a entendu, sans doute, Monsieur Loubenstein.

Dans le poste qui graillonnait, une voix soudain annonce :

LA RADIO

Depuis ce matin quatre heures quarante-cinq les troupes allemandes ont franchi la frontière polonaise. Les deux armées sont au contact depuis les premières heures de la matinée et malgré une rapide avance des blindés hitlériens, la situation reste pour le moment confuse.

Le vieux a touché le poste, il y a un graillonnement.

LOUBENSTEIN *murmure.*

Si l'Italie aussi entre en guerre, le film est à l'eau.

D'ANTHAC *demande soudain, étrange :*

Si on buvait quelque chose?

Le noir s'est fait soudain.
La lumière revient aussitôt, le patron a rejoint le vieux, ils tripotent le poste qui graillonne des musiques informes.
Les quatre hommes sont tout droits, muets.
Soudain les autres captent le communiqué.

LA RADIO

Ce matin à onze heures précises Sir Philip Henderson a été reçu par Monsieur von Ribbentrop, ministre des Affaires étrangères du Reich, auquel il a signifié que la Grande-Bretagne entendait honorer les obligations qui découlent pour elle du traité d'assistance et de garantie qu'elle a signé avec la République polonaise et, qu'en conséquence, le gouvernement de Sa Majesté se considérait en état de guerre, dès cet instant avec le Reich allemand. Il a ensuite sollicité la remise de ses passeports – et Monsieur von Ribbentrop, très pâle, lui a simplement répondu que le gouvernement allemand avait conscience d'avoir tout fait pour éviter l'affrontement entre le Reich et le Royaume-Uni, mais qu'il ne pouvait que s'incliner devant la décision du gouvernement de Sa Majesté britannique, qui prenait seul la responsabilité de la rupture entre les deux pays. L'entretien entre les deux hommes n'a duré que quelques minutes. On s'attend à Berlin à une démarche analogue de Monsieur Coulondre, ambassadeur de France, dans le courant de l'après-midi, Berlin a déjà l'aspect d'une ville en guerre. Sur le front polonais, il semble que l'avance des Allemands, malgré une résistance héroïque des troupes polonaises, se poursuive rapidement. La suite des informations et les réactions dans le monde, à notre journal de midi.

Une musique.
Le patron a arrêté le poste en silence.
Le vieux du pays se dresse, excité.

LE VIEUX DU PAYS

Et voilà! C'est dans le sac! Un peu à vous, mes petits gars! Et cette fois ne faites pas comme nous, nom de Dieu! Jusqu'à Berlin, baïonnette au cul, le Hitler! Ah, vingt dieux, si j'avais encore l'âge! Tu pars quand, toi, Léon?

LE PATRON

Deuxième réserve. Le neuvième jour. Mais je suis auxiliaire et j'espère bien rester dans la région. Tu sais, la patronne seule...

LE VIEUX DU PAYS, *ravi, carré sur sa chaise : c'est son jour, tout le monde l'écoute enfin.*

Ah! nom de Dieu! On a fait ce qu'on a pu nous autres, ceux de 14-18! Mais ç'a été dur! Le boche aussi, c'était un bon soldat! Moi, ils m'avaient foutu nettoyeur de tranchées, tout sec. J'étais jeunot encore, un couteau grand comme ça, et ils t'apprenaient à t'en servir... On suivait la première vague d'assaut et on nettoyait – quoi! Les blessés, les planqués, qu'il fallait pas risquer qu'il en reste dans le cul des nôtres, une fois passés. Alors tu te ramenais dans les abris, la grenade d'une main, le couteau de l'autre – et hop! un salaud que tu croyais mort, il se retournait et il t'en balançait une dans la gueule, de leur saloperie de grenade à manche! C'est comme ça que j'ai vu exploser Joseph, un pays, mon meilleur copain, à côté de moi. Les bras d'un côté, les jambes de l'autre et sa cervelle en plein dans ma gueule. J'y voyais plus. Je m'essuie d'un revers de manche, et je fonce sur l'enfant de putain de Fritz qui avait fait ça. Il se voit foutu, il lâche sa grenade, la vache, et le voilà qui me crie : « Fais pas le con! Je me rends! » Texto. En français! Sans accent! A deux doigts de mon nez, avec sa grosse gueule de bon con comme les autres! Ça me la coupe un quart de seconde et puis je lui gueule, en lui sautant dessus : « Cause-moi en allemand, salaud! Cause-moi en allemand! » Heureusement qu'il s'est mis à baragouiner en boche, de trouille, sans ça j'aurais jamais pu l'achever... Et les Éparges? Tu veux que je te les dise, les Éparges?

LE PATRON

Ça va. Ferme-la. Il y a vingt ans que tu me les dis, les Éparges. Et tu vois bien que tu indisposes le client. C'est déjà pas si gai; c'est pas la peine d'en remettre.

LE VIEUX DU PAYS, *vexé.*

Bon. Ça va. Sers-moi un blanc. Mais si le cœur n'y est pas, vous êtes foutus, mes petits gars! Moi je vous le dis, à la guerre c'est comme en amour, faut qu'on bande!...

Il y a un silence sur les quatre hommes. D'Anthac dit encore, déjà loin :

D'ANTHAC

Qu'est-ce qu'on boit?

VON SPITZ, *qui se tenait un peu à l'écart raidi, fait un pas vers Loubenstein.*

Monsieur Loubenstein, est-ce que vous pouvez me prêter la voiture? Je dois regagner immédiatement Paris et prendre contact avec mon ambassade. J'imagine que c'est une question d'heures. Le chauffeur vous la ramènera aussitôt.

LOUBENSTEIN, *ahuri.*

Bien sûr Winifried... Mais c'est si brusque... Hier encore on était à Rome tous les deux, et on discutait un contrat de cinéma... Quelle saleté la guerre... On avait bien besoin de ça! Qu'est-ce que vous allez devenir Winifried?

VON SPITZ, *très simplement.*

Quelque chose d'avouable enfin, Monsieur Loubenstein. Je suis ober-lieutenant dans l'armée allemande et mon pays est en guerre depuis ce matin.

LOUBENSTEIN, *ahuri.*

Oui, je comprends... pour vous c'est tout simple... Quand on est jeune tout vous amuse... Mais ça va peut-être être difficile aussi. Vous avez été longtemps mon collaborateur, Winifried et je voudrais...

Il a mis la main à la poche de son veston.

Von Spitz l'arrête d'un geste, souriant.

VON SPITZ

Je vous en prie, non, Monsieur Loubenstein.

LOUBENSTEIN, *étonné, gentiment.*

Mais c'est tout naturel, Winifried! Pourquoi vous refusez?

VON SPITZ, *souriant.*

Je vais enfin être quelqu'un qui n'a plus besoin d'argent.

LOUBENSTEIN *gémit, désemparé.*

Mais c'est idiot! Il y a partout des boîtes et des filles... Et on a toujours besoin d'argent, Winifried!

VON SPITZ, *simplement.*

Pas là où je vais, Monsieur Loubenstein.

Il salue un peu raide d'Anthac et Paluche.

Messieurs, vous m'excuserez auprès de vos épouses, mais la frontière risque d'être fermée dans la nuit. Je n'ai plus le temps de les saluer. Je regrette pour le film. Mais vous voyez que c'était bien inutile de se disputer tant pour le scénario! C'était celui de Monsieur Hitler, qu'on devait tourner pour finir. Merci pour la voiture, Monsieur Loubenstein, et pour tout ce que vous avez fait pour moi.

LOUBENSTEIN, *les larmes aux yeux.*

C'était tout naturel. C'est vous qui m'avez aidé Winifried... Vous m'avez évité beaucoup de bévues...

Il demande avec une sorte de naïveté désarmante :

Est-ce que j'avais tout de même fait des petits progrès, Winifried?

VON SPITZ, *raide, sans méchanceté.*

Pour être franc, très peu, Monsieur Loubenstein. Mais seule la bonne volonté compte.

Il a claqué les talons, étrangement, pour la première fois esquissant un salut d'officier et il est sorti rapidement.
Il y a un silence.
On entend dehors le bruit caractéristique de la grosse voiture de Loubenstein.
Le patron et le vieux du pays ont suivi la scène sidérés.
Le vieux du pays demande, ahuri :

LE VIEUX DU PAYS

C'était un Boche?

Personne ne lui répond.
Il y a encore un silence et d'Anthac qui

n'a pas bougé demande encore, comme absent :

D'ANTHAC

Qu'est-ce qu'on boit?

On ne répond pas, ils sont tous prostrés.

Loubenstein murmure, comme pour lui :

LOUBENSTEIN

Ils sont durs les Américains. Petit producteur français, ils n'aiment pas beaucoup là-bas. Crotte de bique, pour eux! C'est pourtant là qu'il va falloir songer à aller si on veut encore faire du cinéma. Quelle saleté la guerre, Monsieur d'Anthac!

On ne dirait pas que d'Anthac l'ait entendu, il dit encore sans bouger :

D'ANTHAC

Qu'est-ce qu'on boit?

Le noir soudain.

Dans le noir après un instant de silence, qui peut être assez long, on commence à entendre un bruit continu, bizarre qu'on n'identifiera que peu à peu.

C'est la pluie.

La lumière revient doucement sur un jour gris.

Le bistrot a sa façade fermée comme la nuit et pourtant c'est le matin.

Debout au milieu de la scène, tout raides, chacun sous un parapluie. Loubenstein, Ludmillia et Lisa. Ils semblent attendre.

Tout à l'heure Paluche en soldat, bonnet à pointes, capote kaki, les rejoindra, abritant Marie-Hélène, toute en noir, sous un autre parapluie.

Les autres femmes sont en noir, ou en gris.

Loubenstein a passé un pardessus noir sur son éternel costume clair.

Pendant toute cette fin d'acte on ne cessera pas d'entendre la pluie.

Au bout d'un assez long silence Ludmillia demande, un peu agacée.

LUDMILLIA

Qu'est-ce qu'on attend?

LOUBENSTEIN

Les hommes du fourgon. Ils ont été casser la croûte.

LUDMILLIA

C'est indécent!

LOUBENSTEIN

C'est syndical.

Il y a un petit temps puis il ajoute :

Il faut bien que ces pauvres diables mangent comme nous. Dans le cinéma aussi on a dû accepter la pose à heure fixe, en 36. En plein milieu de la scène, hop! les machinistes ils foutent le camp du plateau. Si on fait tout de même les huit heures, la production doit accepter. C'est social.

LUDMILLIA

On n'est pas au cinéma et j'ai les pieds trempés. J'aurais très bien pu me rendre directement à Saint-Pierre-de-Chaillot.

LOUBENSTEIN

Par égard pour Marie-Hélène il était plus gentil que les amis se réunissent ici. C'est déjà pas si gai, non?

Il ajoute navré :

Quand je pense que s'il n'avait pas eu l'idée de nettoyer son fusil, tout ça ne serait pas arrivé. Quelle saleté la guerre!

LUDMILLIA

Je ne vois pas le rapport, c'était son fusil de chasse.

LOUBENSTEIN

La chasse aussi est une saleté. On ne devrait jamais tuer personne; jamais. Moi je n'ai jamais tué personne. Et je n'en ai pas envie.

Un temps.
Il demande :

Vous croyez qu'après le cimetière, je peux demander à Marie-Hélène de déjeuner au Fouquet's avec nous?

LUDMILLIA

Je ne sais pas.

LOUBENSTEIN *demande.*

Qu'est-ce que vous en pensez Madame Paluche?

LISA

Je ne sais pas. Elle sera sans doute avec sa famille.

LOUBENSTEIN, *naïvement.*

Les amis, c'est plus gai!

Il soupire soudain, le masque triste.

Pauvre d'Anthac! C'était comme un frère. Quatre films nous avions fait ensemble, dont trois avaient fait beaucoup d'argent.

Il cite :

« T'occupe pas de Josette! », « Les Voltigeuses du boulevard », « Le Malabar n'est pas d'accord ». Ça ne s'oublie pas, tout ça! Tout le monde me disait dans le cinéma, il boit! Il boit! Moi je répondais, il boit peut-être, mais il n'est jamais en retard sur le plan de travail. Jamais un jour de dépassement! Ça compte aussi! non?

Il pense un instant douloureusement et soupire :

Tout le monde s'en va! D'Anthac, Winifried! Je m'y étais attaché aussi à Winifried. Il avait mauvais caractère. Très orgueilleux. Très susceptible. C'était toute une histoire de lui demander d'aller fermer une porte... Mais je m'y étais attaché tout de même...

Il conclut, sombre :

D'Anthac qui se tue en nettoyant son fusil, l'autre qui va se battre en Pologne. C'est très joli tout ça, mais je n'ai plus d'équipe, moi!

LUDMILLIA, *sèche.*

Vous n'avez plus de film à faire non plus, de longtemps.

LOUBENSTEIN

Tst! Tst! Tst! Il y a beau avoir des guerres, on fera toujours du cinéma.

Paluche est entré en soldat accompagnant Marie-Hélène toute en noir sous un parapluie.

PALUCHE

Il faut attendre encore un peu. Jeannette viendra nous prévenir. Marie-Hélène avait besoin d'un peu d'air. Cela va mieux?

MARIE-HÉLÈNE

Oui.

Il y a un silence embarrassé. Loubenstein soupire.

LOUBENSTEIN

Bon Dieu! Quand je pense qu'il y a trois jours on cassait la croûte encore ensemble. Il s'était bourré de foie gras. Si on savait!

Il soupire encore et demande :

Vous croyez que vous allez pouvoir rester à Paris, Monsieur Paluche? A la section cinématographique, peut-être?

PALUCHE, *rogue.*

Pourquoi? Je ne suis pas technicien. Mon régiment part demain pour le secteur de Sedan. J'ai seulement eu une permission de quelques heures.

LOUBENSTEIN

Quelle saleté la guerre! C'est déjà pas si facile de vivre en temps de paix!

Il s'inquiète, soucieux :

Et Madame et la petite, qu'est-ce qu'elles vont devenir?

Paluche ne répond pas.

On s'est engueulés tous les deux l'autre jour, mais qu'est-ce que c'est engueulades? Des paroles! Monsieur Paluche est-ce que je ne peux pas vous aider à dépanner Madame? Moi aussi, j'ai été fauché, plus d'une fois. Et encore aujourd'hui je refais la valise. Toute ma vie, j'ai fait la valise. Et le trou, qu'il soit de cent mille francs ou de cent millions, c'est toujours le trou, non? Juste assez moi aussi, pour tenir à New York! – que le Waldorf il coûte les yeux de la tête et que si on veut faire quelque chose au cinéma là-bas, on ne peut pas descendre autre part! On serait considéré comme crotte de bique... Ce sera dur aussi pour moi. Mais avec les amis on partage dans le malheur, Monsieur Paluche.

Il a mis la main comme tout à l'heure à la poche de son veston.

Alors, petit paquet pour vous et gros paquet pour moi; c'est régulier, non? Ça me ferait plaisir, Monsieur Paluche!

PALUCHE, *raide.*

Je vous remercie. Je ne peux pas accepter. Nous nous débrouillerons.

LOUBENSTEIN

Avec quoi? Ils vont vous payer un franc par jour.

Il tient ses billets tout bête.

Ah! vous êtes aussi entêté que Winifried! Lui non plus il n'a rien voulu. Mais Winifried était célibataire. Je suis sûr que Madame Paluche, qui a son mot à dire, elle n'est pas d'accord avec vous? Dites-lui, vous, Marie-Hélène, qu'il faut accepter. C'est pas parce qu'on s'est bouffé le nez. C'est donné de bon cœur. Rien en échange. Affaire blanche. Avance sur prochain film, s'il veut? Si on ne pouvait plus faire d'affaires chaque fois qu'on s'est bouffé le nez, on ne pourrait plus faire de cinéma!

MARIE-HÉLÈNE

Je crois que vous pouvez accepter, Julien.

LOUBENSTEIN, *fourrant soudain les billets dans le sac de Lisa.*

Allez! Je mets les billets dans le sac de Madame. Comme ça c'est simple et on n'en parle plus! Et une fois là-bas, si les affaires reprennent, on verra ce qu'on peut faire pour les amis... Ça ne va pas être gai la vie, en France hein? Le petit bout d'essai que j'avais promis à Madame, là-bas, ça ne voudra naturellement plus rien dire... Mais peut-être que dans la production... J'ai un associé là-bas qui est très fort. Et ils ne sont pas en guerre, eux! Ce n'est pas parce que Monsieur Hitler, il a décidé de faire la guerre, que tout le monde il va s'arrêter de faire du cinéma, non? Vous parlez bien anglais, Madame Paluche?

LISA

Oui. J'ai été secrétaire bilingue avant de...

LOUBENSTEIN

Je ne promets rien! Je ne promets rien, Monsieur Paluche! Mais si je pouvais avoir permis de travail pour Madame, dans une production, au moins la petite là-bas, elle aurait à manger. Vitamines, bons biftecks. Moi en 1918, j'étais à Vienne et les pauvres gosses ils mouraient comme des mouches. Tandis qu'en Amérique, on bouffe toujours!

LUDMILLIA, *soudain brusque.*

J'ai trop froid aux pieds. Je rentre. Je vais tâcher de me faire servir un grog.

Elle est partie rapidement, claquant rageusement la porte du bistrot.

LOUBENSTEIN

Elle est jamais contente! Pas de cœur, Madame Paluche. Elle a jamais connu misère. Le papa et la maman, ils avaient un gros commerce de restauration; elle a été élue Miss France et puis elle est devenue putain tout de suite — et après la réussite au cinéma. Toujours du fric. Toujours les bons restaurants. Caviar. Champagne. Moi j'ai connu misère. J'ai crevé de faim, moi. A Vienne en 18, quand personne il avait à manger, je montais les étages Monsieur Paluche, avec la petite valise. Il fallait pas se faire prendre! Trois kilos de riz, deux kilos de sucre, un kilo de café. Mais grossistes marché noir; gros bourgeois, eux, impitoyables. Quelques pfennigs seulement, pour pauvre Loubenstein, qui avait tous les risques! Et quand on était piqué : « Sale Juif qui affame le peuple! » Et passage à tabac au commissariat.

Il mime levant les bras pour se protéger de coups imaginaires.

Pof! Pof! Pof! Pof! Mais pour moi aussi, il était trop cher le kilo de café! Seulement quelques pfennigs pour les risques et les étages...

Alors l'argent maintenant quand je l'ai, je le claque. Caviar, champagne. Poules de luxe. Mais j'ai du cœur, moi. Soucis pauvres diables, je connais. J'ai été aussi pauvre diable. Tous les juifs, à un moment de leur vie, ils ont été aussi pauvres diables, sauf peut-être le baron de Rothschild! C'est pour ça qu'ils comprennent, toujours.

Jeannette sort du bistrot en courant, son tablier sur la tête, elle leur crie :

JEANNETTE

Ce n'est pas pour vous encore! C'est la dame qui m'envoie chercher un taxi!

Elle a disparu en courant sous la pluie.

LOUBENSTEIN *s'écrie.*

Allons bon! Voilà encore une histoire! Comme si

la guerre et la mort du pauvre d'Anthac, ça suffisait pas comme emmerdements!

Il s'est précipité dans le bistrot, se débattant avec son parapluie, cocasse, pour ouvrir la porte récalcitrante.

PALUCHE, *après un temps.*

J'ai beaucoup de peine, Marie-Hélène.

MARIE-HÉLÈNE

Oui.

Un temps.
Elle ajoute, neutre :

Le médecin du pays est un brave homme. Son procès-verbal m'a beaucoup aidée auprès du curé de Saint-Pierre-de-Chaillot. Nous aurons la messe qu'il faut.

Paluche sourdement après un temps encore :

PALUCHE

On ne saura jamais ce qui s'est passé, Marie-Hélène.

MARIE-HÉLÈNE

D'Anthac chassait depuis son enfance. Il

connaissait très bien les armes et il était incapable d'une maladresse; même quand il avait bu. Vous vous souvenez de ses mains, toute fines, agiles, au bout de ce corps massif?

PALUCHE

C'est vrai. Il avait des mains ravissantes.

Il ajoute, étrange :

D'Anthac était un jeune homme pudique et fragile. Qui l'aurait cru?

MARIE-HÉLÈNE, *doucement.*

Moi, qui l'ai connu autrefois.

Un petit temps.
Elle poursuit :

Je me suis raidie. Il aurait fallu s'ouvrir. Savoir se faire pardonner le geste de mon père... Mais son insolence toujours... Son mépris. Et puis ses tromperies, tout de suite, affichées exprès... j'étais parfois pleine de pitié et de tendresse pour lui, au fond de moi... Et je ne savais que me raidir. Comme ma mère et mes grands-mères... Dans mon monde on n'apprend qu'à se tenir. Il aurait fallu pousser un cri, une fois. Je n'ai pas pu. Je n'ai pas été élevée comme ça.

Elle dit soudain dure :

C'est difficile de faire un couple.

PALUCHE

Oui.

Il se retourne malgré lui vers Lisa seule, raide, un peu plus loin sous son parapluie.
Il demande :

Tu as froid?

LISA

C'est l'humidité. Tu ne crois pas qu'on pourrait rentrer les rejoindre à l'intérieur? J'ai envie de boire quelque chose de chaud.

PALUCHE

J'ai l'impression qu'on les gênerait.

LISA

Je me mettrai à l'autre bout du bar.

PALUCHE

Il faut laisser les couples vider leurs histoires tout seuls.

Il ajoute :

Tu n'aurais pas dû accepter cet argent.

LISA, *sûre.*

Pourquoi? Tu en as à me donner? Tu t'en vas, toi. Moi je reste. Comment crois-tu que je vais vivre? Nous n'avions pas un sou devant nous.

PALUCHE

Peu à peu les choses vont se remettre en ordre et tu trouveras peut-être à travailler.

LISA

Je l'espère bien.

PALUCHE, *sourdement, soudain.*

Prends bien soin de la petite.

LISA, *sèche.*

J'en prends toujours soin. Il n'y a que toi qui ne t'en aperçois pas.

PALUCHE

Si tu travailles, elle ne peut pas rester seule. Tu pourrais peut-être aller vivre chez ta mère?

LISA *a comme un cri de bête.*

A Châteaudun?

PALUCHE

Pourquoi pas? La guerre ne durera pas toujours.

LISA

J'ai réussi à m'en sauver de Châteaudun. Et je te jure bien que je n'y retournerai pas!

PALUCHE

Mais la petite...

LISA

Il n'y a pas que la petite. Il y a moi. Et j'ai tout de même envie de vivre. Il y a assez longtemps que j'attends.

Elle demande après un temps, doucement, un peu sournoise :

Si Loubenstein tient parole — ce que je ne crois qu'à demi — et qu'il me trouve quelque chose en Amérique, j'espère que tu ne feras pas de difficultés pour me laisser partir? J'aurai besoin de ta signature, pour la petite.

Elle ajoute, fermée :

A moins que tu ne préfères que ce soit ma mère qui la garde; avec les restrictions qui nous attendent, vraisemblablement, à Châteaudun?

PALUCHE, *sourdement après un temps.*

Non.

LISA, *soudain.*

J'ai trop froid. Tant pis, j'y vais. Ça les aidera peut-être à sortir de leur scène.

Elle est entrée rapidement dans le bistrot.

PALUCHE, *doucement.*

C'est son rêve de petite pauvre qui passe... Elle imagine qu'elle va enfin cesser d'avoir peur, s'il la fait venir là-bas. S'il y pense encore, arrivé à New York, et qu'il lui fait signe, elle le rejoindra sûrement.

MARIE-HÉLÈNE *lui serre le bras, gênée.*

Non Julien. Vous vous montez la tête. Ce n'est pas possible.

PALUCHE

Si. Et qu'est-ce que vous voudrez que j'y fasse – là où je serai? Von Spitz avait raison. Le seul scénario en ordre, c'est la guerre. C'est celui qu'on va tourner maintenant. Nos pauvres histoires à tous...

Un silence.
Marie-Hélène dit soudain :

MARIE-HÉLÈNE

J'ai une idée affreuse qui me hante, depuis hier, Julien. Vous croyez que c'est parce qu'il avait peur de la guerre, que d'Anthac s'est tué?

PALUCHE *ne répond pas d'abord; puis il dit enfin sourdement.*

Pas exactement. D'Anthac est mort de la bêtise des hommes.

LOUBENSTEIN *sort comme un fou du bistrot, il hurle, il postillonne, il crache.*

Raca! Fini! Expédié! Je la laisse attendre son taxi toute seule dans le bistrot! Et s'il n'y a pas de taxi, je la laisse rentrer en train! C'est moi qui l'ai fait grande vedette, Monsieur Paluche! C'est moi qui lui ai fait sa situation au cinéma! C'est moi qui lui ai acheté ses bijoux. Une fortune, Monsieur Paluche! De quoi faire vivre plusieurs familles, toute une vie... Que ç'en est presque dégoûtant, de se foutre tout ça sur la peau! Et maintenant qu'elle sent la situation moins bonne... La scène idiote. Pour des histoires qui ne tiennent même pas debout! La rupture! Il est redevenu crotte de bique, Loubenstein! Pourquoi? Parce que c'est la guerre en Europe et que le cinéma pour moi c'est fini ici. Et qu'en Amérique elle sait bien qu'il y en a à la pelle, des poules comme elle! Mais ce qu'elle ne sait pas, Monsieur Paluche, c'est que Loubenstein on a beau l'écraser, tout petit, comme ça, de la merde – qu'on peut enfin cracher dessus et qu'il n'a qu'à la fermer sa sale gueule – il n'a jamais dit son dernier mot! L'Amérique, Monsieur Paluche! L'Amérique! Pays libre! Ils sont durs là-bas, mais moi aussi, je suis dur. Et je connais toutes les ficelles. Je ne vous donne pas deux ans, Monsieur Paluche – que vous ne l'aurez même pas finie, cette guerre – pour que Loubenstein il soit quelqu'un qui compte à Hollywood!

Il se calme, un peu honteux soudain.

Pardon, Madame d'Anthac. Je me monte, je me monte... C'est la faute à cette putain. Mais ça n'empêche pas la peine. C'est autre chose, la peine. J'ai la peine. Parce que j'aimais beaucoup votre mari, Madame d'Anthac, comme un frère.

Il est redevenu gentil. Il a soudain la larme à l'œil, s'attendrissant :

Et vous savez pourquoi je l'aimais beaucoup, Monsieur d'Anthac? Ce n'était pas un très très grand metteur en scène et il était un peu ivrogne, aussi, il faut bien le dire – mais c'était un seigneur... Winifried aussi. L'argent, moi, j'en fais quand je veux. Ça m'épate pas l'argent. Crotte de bique l'argent! Mais les seigneurs...

Il ajoute tout petit, enfantin soudain.

Il y avait aussi dans mon village, en Pologne... Et moi, petit juif, je les regardais passer dans leurs traîneaux dorés.

Il redevient goguenard et conclut :

Et ça, on l'est tout petit, ou on l'est pas, seigneur... On peut pas acheter, non? Tout juste baron du Pape, quand on a fait beaucoup, beaucoup d'argent. Mais c'est pas pareil. Le matin, en se rasant, on se regarde dans sa glace, et on sait bien que c'est du cinéma...

JEANNETTE *surgit sur le seuil du bistrot, son tablier sur la tête, elle leur crie.*

Les hommes sont revenus : ils demandent s'ils peuvent charger le cercueil...

Ce mot lui a fait mal et soudain elle éclate en sanglots bruyants, enfantins, se retournant la tête cachée sous son tablier contre le mur.

Marie-Hélène demande soudain à Paluche, redevenue une petite-bourgeoise sèche.

MARIE-HÉLÈNE

Il couchait avec cette petite?

PALUCHE, *nct.*

Je ne crois pas.

Le patron et le vieux du pays sont apparus sur le seuil du bistrot avec des mines de circonstance.

Le patron regarde Jeannette, qui sanglote contre le mur, soupçonneux.

Lisa et Ludmillia sont sorties du bistrot et le cortège des parapluies se met en marche en silence vers la barrière du jardin.

Le vieux du pays et le patron suivent enlevant leur casquette, l'air compassé.

Le cortège a disparu.

Il ne reste plus que la petite qui sanglote toujours, la tête cachée sous son tablier contre le mur.

La lumière baisse jusqu'au noir.

Rideau.

FIN